KEITAI
SHOUSETSU
BUNKO
野いちご SINCE 2009

同居したクール系幼なじみは、

溺愛を我慢できない。

小 粋

JN020501

◎ STARTS
スターツ出版株式会社

イラスト／月居ちよこ

俺様・意地悪・小悪魔男子。四ノ宮朱里、高1。
×
鈍感・天然小悪魔女子。棚池恋々、高2。
1年間同居することになった相手……朱里くんは、
ただの幼なじみ。
……なのに。

「これから一緒に住むのに、
そんなに赤くなっちゃって大丈夫？」
意地悪で。
「俺と一緒じゃ……嫌？」
小悪魔で。
「『行かないで』ってかわいく頼めば、考えてやるよ？」
俺様で。

朱里くんに振り回される毎日だけど、
「恋々を優先したいって俺は思ってるから」
ほんとはすごく優しいの……。

「……あのねぇ。『振り回される』とか言ってるけど、
俺からしたら、どっちが振り回してんだよって話」
って言うけど、どういうこと!?

同居した クール系 幼なじみは 溺愛を 我慢できない。

人物紹介

四ノ宮朱里
Shuri Shinomiya

高1。子どものころから幼なじみの恋々を溺愛するクール系イケメンだけど、鈍感な恋々に振り回されている。

棚池恋々
Koko Tanaike

朱里の1歳年上で、彼の気持ちに気がつかない天然美少女。朱里と同居し、徐々に彼を意識しはじめ…？

中野 亜瑚
Ako Nakano

高1、朱里のイトコ。超美少女で、朱里の好きな人だと恋々は疑っているけれど!?

鮎川 ヒナ
Hina Ayukawa

恋々のクラスメイトで、しっかり者。クラスに好きな人がいて、恋する乙女の一面もある。

有馬 楓騎
Ako Nakano

恋々と同じクラスのチャラ男。恋々に慣れ慣れしく接するので、朱里に敵対視されている。

contents

CHAPTER♡ 1

人生最大のピンチ

【恋々side】
「泣きそうな顔して、どーした？」

　聞き慣れた声に、あたしは顔を上げる。

　きらきらと後光が差して見えた。ほんとに見えた。

　つぼみが開きはじめた、薄紅の桜並木。

　卒業証書を片手に持ち、中学の制服に【祝卒業】の胸章をつけた彼はフッと笑った。

　途方もない心細さをかかえた今、彼の存在は心強くて仕方ないんだ。

「朱里くん……」

　藁にもすがる思いで、中学３年間着尽くしただろう学ランに手を伸ばす。

「お願いがあるの……！　パパを説得して……！」

　朱里くんを見上げて懇願していると、こつんと頭を叩かれた。

「……高いよ？」

　あたしを助けてあげる、そういう声色。

　うん……。なんでも差し出す……って思った。

はじまった同居生活

【恋々side】

　ひとつ年下の幼なじみ、四ノ宮朱里くんは、あたしのパパとママのお気に入り。

　朱里くんは物心ついたころから、あたしの両親への抜かりのないヨイショと、圧倒的コミュ力を持って我が家をさりげなく制していたから。

　朱里くんは、まるで二重人格のようにキャラを作り上げて、大人と接する。

　大人の前での彼は、どこからどう見ても "賢い&ヨイコ"。

　あたしは幼心に「何してるんだろう、朱里くん」そういう疑問は持っていたけど、あえて突っ込まなかった。

　でもそれが、まさかこんなに役に立つときが来るなんて、思ってもみなかったんだ——。

「いつか海外転勤になることは、幼稚園のころから言ってただろう！　覚悟はできてるはずだ！　いい加減、腹をくくりなさい!!」

　パパの怒鳴り声に、リビングの空気がぶるっぶる震える。

　だけど、負けるわけにはいかないあたしは半泣きで反撃！

「海外に引っ越すなんて嫌だよ！　あたし、日本語しか喋れないもんっ！」

　高2になるこの春、あたしはバンクーバーに引っ越すことになっていた。

　まず、"バンクーバーってどこかな？"ってところからはじまるでしょ？

　……カナダだよ。

「あたし……ひとりで日本に残る……」

「無理に決まってるだろう！　女子高生がひとりなんて危ないに決まってる！」

　ぴしゃりと怒鳴りつけられて縮こまったあたしの体を、隣（となり）でポンと叩くのは、朱里くんの大きな手のひら。

　そして、冷静で突拍子（とっぴょうし）もない彼の声が続く。

「じゃあ、俺が一緒に住むってのはどうですか？」

　……一緒に、一緒に……？　え？

　ぎょっとした。

　パパとママが、あたしと同じように、目を真ん丸にして朱里くんを見ている。

「……朱里くんが一緒にって、いや、年ごろの男女が……それはだめだろう」

　パパはせっかくの厚意に苦笑いを浮かべながら、弱々しい口調で朱里くんに返した。

「そっか。おじさんは俺が恋々に手を出すとか、そんなこと心配してるんだ……」

　すると、朱里くんは目に悲しそうな色を浮かべ、視線を床（ゆか）に落とす。

　そして、みんなが黙（だま）り込んでいる中、再び口を開いた。

「俺、空手は黒帯だし恋々のこと純粋に守れるかなって思って言ったのに、そんなこと……。だけどそうだよね……俺なんかと一緒に住むなんて心配だよね」

　ああ、いつもの朱里くんだなぁ。って、そう思った。

　朱里くんは、あたしの両親……というか大人全般に対して、ぶりっこ……いや、"ヨイコ"という仮面をかぶって生きていた。

　朱里くんが15年かけて築き上げてきた"ヨイコ"というイメージと信頼と……それから、さっきの子犬のような目がよく効いたのかもしれない。

「とりあえず１年間、恋々をよろしくお願いします」

　あたしの両親が朱里くんとご両親に頭を下げた。

　両家の話し合いはあっさりと済んで、あたしは朱里くんと一緒に、うちのマンションで暮らすということになったのだ。

　……ばいばいっ、バンクーバー。

　両親が旅立った今、込み上げる喜びを噛みしめながら、家のベランダから目に入った飛行機へ手当たり次第に手を振る。

　朱里くんとふたりきりになったマンションの一室、808号室。あたしんち。

　パパとママが行っちゃったけど、そんなに寂しくないのは、朱里くんがいてくれるから。

　朱里くんの荷ほどきも済んでいて、準備万端。

　今日から同居がはじまる。

「ありがとう。朱里くん」

　のんきに笑って言うと、視界いっぱいに彼のきれいな顔が入り込んだ。

「……え」

　あたしと同じ目線までかがんで覗（のぞ）き込んでくる茶色い瞳（ひとみ）に、息をのむ。

「忘れてない？　……『高くつく』って言ったよな？」

　ひえ。

　はい、なんでもします、と頷（うなず）きながら、視線だけを横にずらす。

　——そう、こっちが、ほんとの朱里くん。

　意地悪というか、俺様というか。

　それでいて小悪魔な一面もあるという、最恐（さいきょう）の男子。

「今日から恋々は俺のお嫁（よめ）さんね」

　え!?

「お、およ、お嫁……。だって、朱里くんはこれから高校生に上がるところで、15歳（さい）だよ!?」

　真っ赤に火照（ほて）るあたしの頬（ほお）に、朱里くんの手が伸びる。

　ひ、ひぇ！　なんで、ほっぺを包まれてるんだろう……っ。

「なんで赤くなってんの？」

「お嫁さんとか……言うから！」

「それは、家事全般してね、って意味だろバアアアアカ」

　——ムニ。

　ほっぺ、痛いほどつままれている。

　ん、ま、

「まぎらわしいー！」

「ねぇってば、なんでまだ赤いの？　余計に赤くなってる
けど」

　それは、あなたが近すぎるからです。

　って、言うのもなんか悔（くや）しい。

　だって、朱里くん相手にだよ……？

「さすが彼氏ができたことない女だよね。かわいそ」

「そんな本気でかわいそうな目しないで！　でも、朱里く
んだってそうでしょ!?」

　どーせ、彼女（かのじょ）いたことないくせに！

　そう思って言ったら、

「はぁ？」

　目を細めて睨（にら）まれている。

　……ちょ。ちょっと待って！

　余計に距離（きょり）を縮められて、今あたしたちってば見つめ
合っちゃってる……！

　吸（す）い込まれそうな目。

　その下で、にやりと口元は弧（こ）を描（えが）く。

「彼女くらいいたことありますけど。一緒にしないでくれ
る？」

　バカにするような声が頭の中でこだまする。

　——彼女、くらい、いた。

　あたし目がけて隕石（いんせき）が落ちてきた。

16

「嘘だよね!?　朱里くんに、彼女!?」

そんなまさか……。嘘……。

呆然としているうちに、朱里くんはあたしから離れて。

とても楽しそうに、口角を上げてふっと笑った。

「何？　俺に彼女がいたら悪いの？　寂しくなった？」

あたしを見おろして、笑っている。

悪いかと聞かれたら、

「全然悪いとは思わないよ？　別に寂しくもないし。ただ正直、びっくりした」

というか、朱里くんのほうが後輩なのに、先を越されるなんてショック……。

ぶつぶつ言っているうちに、朱里くんのほうからただならぬオーラが漂ってきた。

そう、色で例えるなら真っ黒。

「……なんかすげームカつく」

眉根を寄せる朱里くんは、不機嫌にどかっとダイニングテーブルについた。

とりあえず、コーヒーでも淹れようか。

そういう流れを感じてカウンターキッチンに立つ。

ふてくされたような顔してスマホを操作しはじめた朱里くん。

朱里くんが突然不機嫌になるのはよくあること。

まぁ、彼って1個年下だし、あたしはお姉さんだからそういうのは許している。

それにしても、うん。

　かっこよく育ったなぁー。

　四ノ宮朱里くん。
　もうすぐあたしと同じ高校に進学する15歳。
　3月31日生まれのあたしと、4月3日生まれの朱里くんは、生まれた産院（さんいん）からのお付き合い。
　誕生日は3日違（ちが）いなんだけど、学年は違う。
　だから、あたしが高校に進学して離れてから、ここ1年ろくに会ってもなかった。
　久しぶりに見る朱里くんは、相変わらずの中性的な整った顔立ち。
　身長だって、また伸びたでしょう？
　高身長、イケメン、スタイルよし。
　いかにもモテそうな容姿の彼は、あたしの高校に推薦（すいせん）で受かったそうだからそうとう賢いし、さらにバスケ部では中1のころから大活躍（だいかつやく）していたスポーツマン。
　そう、つまり完璧（かんぺき）な人。
　でもまさか、彼女がいたなんてびっくりだなぁ。
「って、彼女さんは、あたしと同居することに反対してないの!?」
　迷いない線で描（か）かれたくっきり二重がじろっとこっちを見た。
「もう別れた」
　じゃあ、今は彼女いないんだ。ほっとした。
「……よかったぁ。なら、あたしたち一緒にいられるね」

　バンクーバーにも送られず、心置きなくこの日本で！
「え？　……俺と一緒にいられてうれしいの？」
　小さい声で聞く朱里くんのきょとん顔に、あたしは首を
かしげる。
「うん、当たり前だよ」
　朱里くんがいなかったらバンクーバー行きだもん。
「……あっそ」
　あれ？
　朱里くん、顔が赤くない？
　コーヒーを差し出しつつ顔を覗き込もうとしたら朱里く
んに「砂糖が欲しい！」と叫(さけ)ばれて、とっさに「はい！」
と答えたけど。
　心配いらないよ。
　朱里くんがブラックを飲めないなんて、あたしにとって
は一般(いっぱん)常識だもん。
「そのコーヒー、もうお砂糖いっぱい入ってるよ。あ、ミ
ルクもいる？」
「ガキ扱(あつか)いすんな」
「だって好きでしょ？」
「……好き」
「ふふ、あたしも！」
「……はぁ」
　ミルクを注いで。完成。
　あ、せっかく作ったカフェオレを一気飲みするなんて！
「もっと味わってよ」

「恋々の分際でいちいちケチつけんな」

「反抗期だなぁ……」

　小学生のころまでは、ただ優しい子だったのに。

　中学入ってから、とげとげしくなったよね。

　でも、大人の前でだけはずーっとブレずにぶりっこ……
いや、ヨイコのふりをしてたっけ。

「なんで朱里くんって、パパやママの前とあたしの前で態
度が違うの？」

　当たり前のことすぎて、長年見流してきたことをなんと
なく聞いてみた。

「そんなの、俺自身のために決まってんだろ」

「え？」

　がたっと立ち上がった朱里くんは、「ない脳みそで考え
てみれば」と言って、あたしの頭をがしっと掴む。

「わーかーんーなーいーよー」

　ぐらぐらと頭を揺すられるがまま返す。

　ピタッと頭が止まると、あたしを覗き込む茶色い瞳が目
の前に……。

　そして、きれいな唇がにやりと笑う。

「……外堀から固めようと思って」

　正直、ドキッとした。

　ていうか、近いよ……！

「その甲斐あって、おじさんもおばさんも15年分の俺を評
価してくれたよね」

　ドキドキドキドキ。

　朱里くんとはいえ男の子との近すぎる距離に、あたしの心臓は速まっていくばかり。

　ふいに、ごつん、とあたしの額に彼の額がぶつかる。

　ひぇぇ……!!

「ねぇ恋々、聞いてんの？」

　くつくつと笑い、肩を揺らす朱里くん。

　しゅ、朱里くんの、女ったらし……っ！

　あ、やばい、くらっとしてきた。

「海外なんかに恋々をやるわけねーじゃん」

　だから、最後に放たれた朱里くんの小さい声はよく聞こえなかった。

俺を好きになってよ

【朱里side】
　──はじまった同居生活。
　全部、俺の計画どーり。

「ふわぁ、おはよう」
　眠(ねむ)そうな顔して、あくびしながら部屋から出てきた恋々。
　肩下まで伸びるウェーブのくせ毛が、寝(ね)ぐせのせいで余計にふわふわしている。
「おはよ」
　テレビをつける俺と、カーテンを開ける恋々。
「朱里くん、いい天気だよ。入学式日和(びより)だねぇ」
　ちょっと垂れ目な目を細めて笑う。
　ほわわーんという擬音(ぎおん)が聞こえてきそうだ。
　──棚池恋々。
　たった３日早く生まれただけで、お姉さんぶろうとする恋々は、今日から高２に上がる。
　たった３日遅(おそ)く生まれただけで、俺はひとつ学年が下。
　……というわけで、今日、俺は高校の入学式。
　入学卒業のたびにこの"３日の壁(かべ)"を呪(のろ)って生きてきた。
「朱里くん、どうかした？」
　今日もごきげんな口角だな。
「あれ、眉間(みけん)にしわ寄ってるよ……？　もしかして高校入

学が不安なの？　大丈夫だよ……！　うちの高校って穏や
かな人が多いし、それにあたしもついてるからね！」
　……突然、先輩風を吹かせてくるとこが嫌。
「うざ。着替えてくる」
「じゃあ朝ごはん作るね。朱里くんの好きなエッグトース
ト！　だから元気出して？」
　ポンポンと、簡単に背中を叩いてくる、この小さな手。
　……かわいいこと言ってくるとこが嫌。
「朝飯いらない」
「そんなこと言ってるからそんなに細いんだよ」
「もっとガタイいい男のほうが好き？」
「んー。あたしは朱里くんくらいの細くてスタイルいいほ
うが好きかなぁ？」
　知ってる。お前の好みくらい、全部。
　……俺を全然好きにならないとこが嫌。

　着替えを終えて、リビング。
　丸焦げのトーストを目の前にして思う。
　……かわいすぎ。
「いただきます」
「あの……ごめんね。失敗しちゃった」
「最初から期待なんかしてねーよ」
「うう……」
　不安そうな顔。大きな目が、申し訳なさそうに俺を見て
いる。

「……そんな見られてたら食べにくいんだけど」

「ごめん。あたしもいただきます！ ……っ。にがぁ……」

　……かわいすぎか。

　あーあ、何してんの。

「ほら、水」

　水を一気に飲み干した恋々は涙目。

　自分で作っといて、何やってんだか。

「ぷはぁっ、ありがとう。朱里くんも残していいよ、こんなまずいの！」

「別にまずくない」

「え？ 朱里くんの味覚って……」

　何その疑うような目。

　つーか、恋々の作ったものに、まずいとか言うわけないだろ。

　湯気の立ったスープを、冷まさずに口に運ぶ恋々。

「あちっ！」って、ほらやけどした。

「バカ。舌見せてみ？」

　ためらいなく、べ、と出された赤い舌。

　ちょっとは恥ずかしがればいいのに。

「大丈夫。なんもなってないよ」

　医者じゃないから知らねーけど。

「よかったぁ」

　俺＝男って意識が足りなすぎんだよね。

　なんだと思われてんだろ。

「朝ごはんは３回目の失敗だけど……これから練習するか

ら！」

　意気込みながらスープをふうふう冷ます恋々。

　もし狙ってやってるんだとしたら、狙いどおりのかわいさ出てるよ。

　まぁ俺相手に、狙うわけねーけど。

「じゃあ、しっかり練習してよ。"俺のために"」

「うん、頑張るね」

「……素直かよ」

　ちょっとは動揺しろよ。

「だってあたし、朱里くんのお嫁さんだもんね」

　冗談言ってぷぷーっと笑ってるとこ悪いけど、それ滑ってるし。

　寒いし。面白くもないし。

　ああもう。

　……か・わ・い・す・ぎ・か！

「ごちそうさま」

　食器を片づけて、しばらくすると恋々が制服に着替えてきた。

　頭のてっぺんから照れ臭そうな内股、そして紺ソックスを見て心底思う。

　……意味わかんないほどかわいい。

「どうでもいいんだけどさぁ」

　という俺の返しに、恋々はムッとした顔をする。

　ねぇ、恋々。俺のこといい加減、年下扱いしないで。

　つーかお前、たった３日違いなこと忘れんな。

　そんで性別も違うってこと、頭に焼きつけといて。
「俺、ネクタイの締め方がわかんなくて困ってんだよね」
　この、グレーのチェック柄のネクタイ。
「え、朱里くんできないんだぁ」
　うれしそうに顔ほころばせている場合じゃないし。
「ネクタイ結んでよ」
　かがんで視線を合わせると、火照ってくる恋々の頬。
　でもこれっていうのは、別に俺だから意識してってわけ
じゃなくて……ただ男慣れしていないだけ。
　このポンコツが。
「そそそ、そ、そんなのできないよ。ていうか近すぎぃ」
　詰まりすぎぃ。
「俺より年上なのにできないってどういうこと？　この1
年間、何をしてきたの？」
「な……っ」
「はぁーあ。恋々なら頼りになると思ったのにな」
　この言葉はある種の起爆剤。
　恋々の"年上"というプライドに火をつける。
　たった3日のくせに。
「わかった。任せて。ネクタイなんて簡単だよ」
　ドンッと自分の胸に拳をぶつける。
　そうだね。ほんと簡単、お前。
　しゅる、と襟にネクタイが通されて、ああでもないこう
でもないと奮闘中。
「失敗しすぎじゃね？」

　ちょっと引くわ。

「だって……朱里くんの視線が、その、気になるというか、集中が……」

　しりすぼみになっていく恋々の声。

　……へー。

「なんで俺が見てたら集中できないの？」

　にや、俺の片側の口角が、自然と上がっていく。

「も、もう……。その目、閉じて」

「やだ。キスでもされたら困る」

「キっ……。するわけないでしょう!?」

「あー、そっか。ファーストキスもまだのお子様だもんな」

　のんきにバカにして笑っていたら。

「キスくらい、したことあるもん……」

　時が止まった。遅れて目がカッと開く。

　――7時35分！

　テレビの中で時計が叫んでいる。

「……はぁ？」

　しゅる、とネクタイが結ばれていく。

　いや、待て待て待て。待って。

「誰と!?」

　俺は、いつの間にか恋々の両肩に手を置いて叫んでいた。

「あっ、あぁー！　せっかくあとちょっとで結べるところだったのに……」

　今、そんなことはどうでもいいから。

「誰としたんだよ」

　どこの誰。

　今、最高に怒（いか）りに震えてるんですけど。

「ち、近いってばぁ！」

　ぎゅるんと顔を背（そむ）ける真っ赤な顔。

「答えなかったら離さない」

　いいから答えろ。

　そいつ、しめてくるから。

「……っ、ね、猫（ねこ）！　猫だよ！　Cat（キャット）！」

　キャット？

「……あぁ」

　自らの口から出た間抜けな声とともに気が抜けていく。

　猫か……。なんだ……。

　冷静になってみれば猫でもムカつくけど。

「紛（まぎ）らわしいんだよ」

　突（つ）き放（はな）してもまだ真っ赤な顔して、動揺（どうよう）している恋々。

　そう。そういう顔してたらいいんだよ。

「一度彼女ができると、人との距離感がこんなに変わるんだね……。お姉さんびっくりしたよ？」

　じゃねーよ。バカ。

　お前以外に、こんなことするわけねーだろ。

「もー。あたし、こういう軽い人って慣れてないのに……」

　文句っぽいぼやき声だけど、まんざらでもなさそう。

　もっと近づいてあげようか？

　つーか、俺にドキドキしてよ。

　一生懸命（いっしょうけんめい）ネクタイを結ぶその耳元に、唇を近づけた。

「恋々の顔、真っ赤なんだけど。これから一緒に住むのに、そんなに赤くなっちゃって大丈夫なの？」

　あはは、耳まで真っ赤になってやんの。

　バカにしてやろうと思ったとき。

「大丈夫、きっとすぐ慣れると思うから……」

　……はぁ？

「……ナマイキ」

　慣れんな、ずっとドギマギしてろ。

「ああもう、結べない……っ。自分でやるのと反対向きだからできないんだ！」

　ちょっとここに座って、とソファに浅く座るように促された。

　俺の背中とソファの間に入り込んだ恋々。そんな彼女の手が、後ろから伸びてくる。

「こうかなぁ……？」

　俺の右肩の上から顔を出して確認する恋々。

　この、ズルすぎる距離感。

　ふわりとした髪から女子っぽい甘い香り。

　心臓がバクバク鳴りはじめて、いつの間にか息をするのさえ忘れていた。

「うまくいかないなぁ」

　わざとやってんのか？って、疑いたくなる。

　俺が横向いたら、キスできそうな距離なんだけど。

　なんでそんな平気でいられるわけ？

　……まじでムカつく。

　　──バシッ。
　恋々の手を払って、立ち上がった。
「もういい、時間切れ」
　恋々に背を向け、秒でネクタイを自分で締める。
　熱くなっていく顔なんて見られたくないから、恋々のほ
うは絶対向かない。
　俺はすたすたと玄関へと歩きはじめた。
「朱里くん、ネクタイ自分でできるんじゃん……！」
　追いかけてくる怒っているっぽい声。
「100回失敗してるとこ見て学んだんだよ」
「絶対、嘘！」
「いいから急げよ。何時だと思ってんの？」
「朱里くんのせいでしょうがぁ……！」
　別に遅刻したっていいけどね。
　どうせ俺のクラスに、恋々はいないんだから。

　　──俺を好きになってよ。
　そしたら溺愛してあげるのに。

プライベートには南京錠を

【恋々side】

　……朱里くんめ。

　まんまと遅刻させられたあたしは、先生からお小言をもらうことから2年生がはじまってしまった。

　休み時間の今も頭の中を占領しているのは、朱里くんとのある一件。

『キスもまだのお子様だもんな』

　今朝、高笑いした朱里くんを思い出す。

　朱里くんは、覚えてなかったんだ……。

　あたしに、キスしたことを！

　……だけど。

『誰としたんだよ』

　憤怒のような驚愕のような形相で詰め寄ってきた、あの様子って、もしかして"覚えてるけどそれには触れるな"とか、そういうものすごい圧力の牽制だったのかな？

　いやいや、そんなわけないか。

　覚えてないなんてぇ……っ。

　拳で机をドンッと殴る。

　あたしは、昨日のことのように思い出せるよ。

　あれは朱里くんが中2で、あたしは受験生の冬！というころ。

　風邪で寝込んでいた朱里くんが『一緒に寝よ』って子犬

の目で言うから、あたしは招かれるままベッドにもぐり込んだ。

『寒い……』

　がたがたと震える朱里くんが、あたしの体の温もりを求めて抱きしめてきたんだ。

　よしよし、って背中をさすって温めてあげていたとき。

　風邪のせいで熱っぽい朱里くんの頬が、あたしの頬にくっついたの。

『えっ』

　動揺して、あたしまで熱くなってきたその瞬間。

『……ト……コ、かわいい、大好き……』

　ちゅう――。

　気づけば唇を奪われていた。

『ト、トコって誰ぇ!?』

　飛び起きながら聞いた。

　でも、朱里くんはすでに夢の中。

　猫か犬かわかんないけどあたしは、トコのような名前の動物か何かと間違えてキスされたんだ。

　そのあと……どう接していいかわかんないでしょ!?

　だから、しばらく会いに行かなかったし、そうこうしているうちに高校と中学に学校が分かれて、朱里くんとはいったん疎遠に……。

　って、そんな気まずい思いを、あたしひとりが勝手にしていたってことになるでしょ?

　――ドン。

　もう一度、机を拳で叩く。

　……朱里くんめぇ……。

「何さっきからピリピリしてんの？」

　ひょこんと視界に入ってきたのは、同じクラスの有馬楓
騎くん。

　あだ名は、ふうちゃん。

　今年クラス替えはないから、去年からのお付き合いの男
子だ。

　異性関係の経験豊富なふうちゃんに何か一言もらえれ
ば、この怒りも少しは落ちつくかも。

　そう思ったから、こうしてひとけの少ない廊下に出てま
で話したのに。

「キスくらいで、なに言ってんだよ？」

　まさかこんな言葉が返ってくるとは。

「キス『くらい』って……。ふうちゃんの感覚ってどうか
してる……」

「高2にもなって、恋々はお子ちゃまだなぁ」

　なでなで。

　まるで園児でも撫でているかのような、わざとらしいそ
の手……！

「ふうちゃんに話すんじゃなかった」

　頬に空気が溜まる。

　もう少し共感してくれると思ったあたしが間違ってた！

　廊下の窓から春の風が吹き込む。

　ふうちゃんのベージュの髪が風に揺れて、整った横顔を

見ていれば、モテる理由もわかる気はするんだけど。

「そうだ。キスよりもっとすごいことしたら、恋々もキス"くらい"って気持ちわかるようになるかもよ?」

いつの間にか、ふうちゃんの手が腰に回っている。

「俺とやってみる?」

呼吸するより自然に抱きしめられてしまったあたしは、「ひゃあー!」と叫んでその腕を引っぱたいた。

ばちーん。

「いったあー」と笑うふうちゃんは、見てのとおり1円玉より軽い。

「顔、真っ赤」

こらえきれなかったように笑いながら、指先であたしのほっぺを弾く。

「……からかわないで」

朱里くんといい、ふうちゃんといい、こういう女たらし男子の感覚がわからない。

あたしが赤面することの何が面白いの?

「いい加減、慣れればいいのに。恋々はかわいいねぇ〜」

「……すぐバカにする」

「てか普通、ぎゅっとされてたら落ちつかない?」

「落ちつくわけないでしょ……! どういう感覚?」

信じられない。

いつだって心臓が乱れすぎて、うっかり止まりそうだよ。

「それって恋々が俺に心を許してないってことだよねぇ。うわぁショックー」

　意味がわからない。

　たとえば、こういうふうちゃんと１年を過ごしたけど、こういう密着しすぎる距離感に慣れるかといえば別問題だよ。

　そんなの、絶対に慣れるものじゃない……！

　だから、あたしで遊ばないで……。

「私の恋々で遊ばないでくれる？」

　あたしの心の声を代弁してくれた女の子に、後ろからぎゅっと抱きしめられた。

　甘いお花のような香り。

　あ、落ちつくってこういうこと……。

「ヒナ」

　細い腕を、ぎゅっとして返す。

　鮎川ヒナちゃん。

　ふうちゃんと同じく去年から同じクラスの友達。

　ショートボブで笑顔のかわいい女の子。

　『私の恋々』なんて言っといて、しっかりと好きな人がいる恋する乙女。

「ふうちゃん、恋々に手出さないでよ！」

「本当にね、楓騎はもう少し場所を考えたら？」

　ヒナの隣でそう言ったのは黒髪クールな池田くん。

　じつは、ヒナの片思いの相手。

　ふうちゃん、ヒナ、池田くん、あたし。

　この４人は、いつメンなんだ。

「それでさぁ、恋々？　今朝一緒に登校してたイケメンは

誰？」

ヒナはきらきらと目を輝（かがや）かせながら、あたしを見ている。

「イケメン……あ、朱里くん？」

「まさか彼氏ができたの!?」

「え？　違う、違う！」

「えーイケメンって何？　俺よりイケメン？」

　ふうちゃんまで食いついてきた……！

　さすがに同居していることは言えないけど、「あれは16年来の幼なじみ」という説明をしていたらチャイムが鳴ってしまった。

　今日は入学式ってこともあって、学校が早く終わった。

　池田くんとヒナは部活だけど、あたしは帰宅部だからもう帰れる。

　朱里くんも、もう帰れるのかなぁー。

　いいなぁ、楽しそー……。

「恋々、駅まで一緒に帰ろーぜ」

　と言う、ふうちゃんも帰宅部仲間。

「うん」

　桜の散る校庭をふたりで歩いていくと、やけに人だかりになっているグラウンドの一部分に目がいった。

「芸能人でも来てるのかな」

　そんな人だかり。

「見に行こうぜ」

　ふうちゃんの好奇心（こうきしん）に乗ろうとしたけど、女子に囲まれ

る背の高い彼を見て、足が止まった。

「……しゅ、朱里くんが……」

　相変わらず、モテてる。

「え？　知り合い？　てか男かよ。つまんな」

　そう、つまらなそうに踵を返したふうちゃんのあとを追おうとしたとき。

「恋々」

　突然名前を呼ばれて、振り返ったら。

「朱里くん、呼んだ？」

「……」

　なんだろう？

　言葉の続きを待っているのに、こっちを見たまま何も言ってこない。その代わりに輪を抜けて、あたしのほうへと歩いてきた。

「恋々……それ誰」

　え？って耳を寄せたくなるほど小さい声。

「えと、この人は去年からのクラスメイトのふうちゃん。で、こちらは今朝言ってた幼なじみの朱里くんだよ」

「はじめましてー！　恋々の幼なじみって君かー。たしかにイケメン！」

「朱里くん、すごいモテるね」

　あたしのこのセリフ、棒読みだよ。

　うらやましがってなんかないよ。断じて、ないよ。

「それ……誰？」

　朱里くん、なんでまた同じ質問するの？

「だから、この人は」

　と言いかけたとき、朱里くんとの会話なんてお構いなしな様子で、ふうちゃんが叫んだ。

「あ、やべ。俺バイト間に合わないかも！」

　ふうちゃんがスマホの時計を確認するや否（いな）や、あたしの腕をがしっと掴んだ。

「え？」

「走んぞー！」

「なんであたしまで!?」

「ひとりで電車は寂しいじゃん！」

「寂しくなぁーいー！」

　ふうちゃんに引きずられるように全力ダッシュさせられたあたしの背中に、「恋々！」と呼ぶ声が聞こえたような聞こえなかったような……。

　って、そんなことどうでもいいほど疲れたぁっ。

「ただいまぁ……」

　なんであたし、こんなに全力で走らされたの。

　澄（す）んだ青空に心地いい湿度（しつど）と温度。

　そんな日に、どうしてこんなに汗（あせ）だくにならなきゃいけなかったの。

　……ふうちゃんって本当に勝手。

　でも、あの愛嬌（あいきょう）ある笑顔を見たら憎（にく）めないというか、なんというか……。

　とりあえずシャワーを浴びた。

　浴室の窓から、春の穏やかな光が差し込んで気持ちいい。

　今日の夕飯は何を作ろうかなぁとか考えながら、脱衣所で体を拭いて、下着を……。

　……そう。

　ぎりぎり下着だけは上下身につけた瞬間。

　ガチャ、とドアが開いたのだ。

「え」

「あ」

　──パタン。

　閉められたドアを呆然と見つめる。

　あれ、朱里くん、帰ってたんだ。

「え」って言って「あ」って返すだけの出来事。

　……っ、違う!

　絶対に見られた!

「きゃああああああああああああああ」

　たまらなくて絶叫したら、「どうした!?」って朱里くんのぎょっとした声がドアの向こうから聞こえた。

「どうしたじゃないよ!　見たんでしょ……?」

「え……。いや、見てない」

「なんなの、今の間!　絶対嘘ー……っ」

　最悪だ……。

　だって洗面台の鏡に映るあたしが身につけているものときたら、ほどけるタイプの紐パン。

　セットのブラは、レースでできた蝶が羽を広げたようなデザイン。

　そのカップラインに沿うように、なんともアダルティな紐が平行に入っているという代物。

　決して、悪いお姉さんを狙っているわけじゃない。

　単純に、デザインがかわいいと思うから身につけていただけなの。

　地下3000階くらいまで落ち込んでから、ようやく部屋着を身につけてリビングへ行くと、朱里くんはすまし顔でテレビを見ていた。

「……ねぇ、見たよね？」

　生気のないあたしの声に「こわ」って返す朱里くんの視線はいまだテレビ。

　通販番組ってさ、そんな真剣に見るものじゃなくない？

「……とにかく。全部忘れて！」

　……恥ずかしいっ……。

　顔を両手で覆った。

　そんなあたしに、朱里くんは「はぁー」と大きなため息をつく。

　何そのため息？

　俺だってそんなもん見たくなかった、って文句をつけたいんでしょ。

　そう思っていたら、謝られた。

「まぁ、ごめんね」

「『まぁ』って何……『まぁ』って」

　ていうより。

　あんな下着を見られるなんて……ない。ありえないっ。

　あんなの体を見られるより恥ずかしいよ……！

　だって、ああいう下着ってかわいいんだもん。

　下着なんて自分しか見ないし、多少派手でも好きなもの
を買ってたの。

　ああもう！

　弁解させて！

　お願いだから、嘘つかせて！

「あの……さっきの下着はあたしの趣味（しゅみ）じゃないから！」

《──ええ!?　そうなんですか！　そんなにお安くて大丈
夫なんですか？》

　通販番組うるさいなぁ！

「あーね。だいぶ背伸びしてたよね」

《──おぉ、これはすごいですねぇ！》

　朱里くんがテレビの音量を下げた。

「つーか、お前の下着なんか見たくもな……」

《──こんなチャンスめったにありません！》

　──ブチ。

　朱里くんが、リモコンの電源ボタンを連打しながらテレ
ビを消した。

「……てか、あれは反則じゃね？」

「え？」

「いらないんだって。そういうギャップ」

　小さい声で何かを呟（つぶや）いた朱里くんは、天井（てんじょう）を仰（あお）いで遠い
目をしている。

「一、十、百、千、万、億、兆、京、垓、秭、穣、溝、澗、正、載、極、恒河沙、阿僧祇、那由他、不可思議、無量大数」

　……なんか言い出したー！

「どうしたの、朱里くん!?」

「精神をね、整えてんの。奇妙なものを見てしまったから」

　く……。奇妙で悪かったですね！

　わなわなと震えかけたとき、朱里くんの目があたしに向いた。

「……駅前にド〇キあるじゃん。あそこで南京錠を買ってきて」

「南京錠？」

「うん」

　そう言って、部屋に入ってしまった。

「何それ……？」

　支離滅裂な人……。

　それにしても、南京錠なんて何に使うんだろう？

　南京錠って警察が犯人を逮捕するとき手首にかけるあれだよね？

　あ、そっか。朱里くん、自分が悪いことしたって自覚があるんだな。

　ノックしない罪。

　そういう罪で自首したいんだ。なるほど……。

「ただいまぁ。買ってきたよー」

　って、今気づいたけど、なんであたしが買いに行かされてるんだろう!?
　朱里くんが自分で行けばよかったじゃん!
「おかえり。ありがとね」
　う……。
　そんなさわやかにお礼を言われたら、文句なんか消えちゃうかも……。
「いえいえ。どういたしまして」
「いちおう、脱衣所の内側に金具はつけられた」
「金具?」
　なんのこと?　……まぁいいや。
「はい、どーぞ」
　買ってきた商品の入った黄色いビニール袋を、朱里くんに差し出すと。
「はぁ?」
　中を覗いた瞬間に眉間にしわを寄せ、あたしを疑うように顔を上げた。
「何これ?」
　何って、
「南京錠……」
「いや、これどう見ても手錠じゃん。どうしたら間違うの?」
「あっ!　南京錠って手錠じゃないね!　間違えたぁ!」
　目からうろこ!
　"錠"ってところが一緒だから間違えたんだろうなぁ!
「バ……バカすぎて引いた」

　大きな目を見開きすぎて、目が落っこちそうだよ、朱里くん……。

　本当に引いているのか、この人、固まって微動（びどう）だにしないんだけど。

「あの、ごめん。南京錠かぁ。今、思い当たった。鍵のことね……！」

「そう……。おじさんに聞いて脱衣所に鍵つける許可もらったんだけど」

「そういうことかぁ、なるほど。手錠なんて何に使うのかなって思ったんだよね」

　定価2000円のそれを手のひらに乗せてみる。

　結構重くて、結構リアル。

「逮捕ー♪」

　──がっちゃん。

　朱里くんの片手に手錠をかけてやった！

「あはは。覗きの罪でつかまったぁ」

「片手じゃいくらでも動けんだけど。無能ポリス」

　──がちゃん。

　もう片方の手錠をあたしにかけられた。

「え。何してんの、朱里くん」

「逮捕でしょ」

「そうじゃなくて、ひゃっ」

　ソファに座らさせたあたしは、朱里くんと手錠で繋（つな）がれたまま。

　コテン、とあたしの肩に朱里くんの頭がのっかった。

「んなっ。もっとそっち行ってよ、朱里くん！」

「だって手錠がねー。つながってるから仕方ないんじゃね？」

「もー、これ早く外して。鍵はどこ？」

「俺は知らないけど」

「え!?」

　ソファから飛びおりて、朱里くんの手を引っ張りながらビニール袋や床なんかを探すけど、どこにもない！

　ガーン。

　入ってなかったんだ……！

「どうしよう！　不良品だ……！」

「俺は別にこのままでもいいけど」

　な、なんで距離を詰めるの！

　空いた手の指先が、あたしの頬を伝う。

　その感覚に煽（あお）られるように、顔がどんどん熱く……。

「……恋々ってさ、気持ちいいくらい赤くなるよね」

「うぅ……仕方ないじゃん……」

「今日一緒に帰ってたやつに手つながれても赤くなってた」

「そうだった？」

　一度頷いた彼は、冷たく言った。

「……そういうとこ、嫌（きら）い」

　かちゃ、金属のこすれる音がして、手錠でつながれた手と手がぎゅっと掴まれた。

　そのまま、ソファに押し倒されて。

「え……」

　目にかかりそうな黒髪が、窓からの日差しに煌めく。

　茶色い目に吸い込まれそう。

　……熱い。間違いなく真っ赤だ、あたし。

「……や、何……？」

　至近距離で向かい合った朱里くん。

　顔を背けるけど、両手は掴まれているし。

「朱里く……」

　少し動かしてもかちゃ、かちゃ……と手錠の金属音がするだけ。

　抵抗なんてできないくらい、心臓がうるさくて、ああもう、混乱してきた……っ。

「恋々」

　耳元で、そんな甘ったるい声は、余計に。

「"ふうちゃん"だっけ？　そいつのことどう思ってんの？」

「ど、どうって……なんとも！」

「仲いいの？」

「仲はいいけど」

　……っ、だから、何ぃー!?

　離してよ、心臓壊れちゃう。

　おそるおそる朱里くんの顔を見たら、鋭い目であたしを睨んでいて。

「……ムカつく」

　って。

　ひ、ひぇぇ！　顔、ちか……何!?　キス!?

　って思った瞬間、まさか重力を味方につけた頭突きが落

ちてくるなんて。

「いったぁーい！」

「はー、ムカつく。まじムカつく。何？　ふうちゃんって。ダッサ！」

　子どもみたいにそう言ったかと思えば、ぐいっと手を引かれた。

　起き上がった視界。

　手錠で片腕がつながったまま、あたしの前に立った朱里くんを見上げる。

「もしかして……朱里くんヤキモチやいてない？」

　さっきからふうちゃんのことやたら気にしてるもん。

「は、はぁ？　やくわけねーだろ」

　ほら、動揺してる。

　なんだもう、かわいいとこあるなぁ。

「朱里くんが一番に決まってるよ？」

　かちゃ、かちゃ。と手錠同士の手をぶつける。

「生まれたときからずーっと友達なんだから！　これからも朱里くんを超える友達は一生、んむっ」

　朱里くんの片手が、あたしの口をふさいだ。

「——うるさい。黙れよ？」

　それは、とても鋭い眼光で……。

　　——手錠の鍵、一生隠しておこうかな。

　朱里くんがこんなことを考えているとは、あたしは知らなかったのだった。

ふたりで食べるお弁当

【恋々side】

　快晴の初夏。

　窓を全開にして空気を入れ替える朝が好き。

「朱里くんって部活入らないの？」

「入んない」

「へぇ。スポーツ好きなのに？」

「俺は部活より家が好きなの」

　コトン。

　朱里くん特製のコンソメスープを置いた彼。

　何かコメントでも待つかのように、まっすぐ見つめてくるのは、何？

「家が好きって、朱里くんひきこもりみたいだね」

「……はぁ？」

　ふぅーっと冷ましてスープを口に運ぶ。

「おいしい～っ」

　ほっぺに片手を当てて思わずにっこりしちゃうあたしを見ながら、冷めた口調で朱里くんは言う。

「で、冷蔵庫の尋常じゃない量の食糧ってなんなの？」

「昨日スーパーで買ってきたんだよ」

　ママの電動自転車を使ったら、すっごい楽だった～！

「量が、いちいち頭おかしいんだよ」

　へ？

　まぁたしかに、冷蔵庫が閉まりにくくなったなって思っ
たけど……。
「もしかして、あたし買いすぎ？」
「もしかしてじゃねーから。明らかに買いすぎ」
　かぶせ気味に言われてしまった。
　とほほ……。
　だって、朱里くんは男の子だし、いっぱい食べると思っ
て……。
「今日から弁当も作って朝昼晩と食材を消費するからな」
「お弁当？」
「今日は俺が作っといたから、明日は恋々の番ね」
「ええ？　朱里くんお弁当作ってくれたの？」
　目を輝かせちゃう、それは！
「うれしいー……っ！」
　最近のお昼って、ずっとパンだったし、太るなぁって思っ
てたの。
「……いいから。早く飯食えよ。俺、先に行くから」
「え!?　なんで!?」
　本当に置いていかれた……。
　朝、何か用事でもあるのかな。
　……って！　朱里くんってば、お弁当箱を忘れてるし。
「もう、仕方ないなぁ」
　朱里くん、抜けてるんだから。
　でも大丈夫。お姉さんがちゃーんと持っていってあげる
からね。

　ついでに朱里くんの学校での様子も見て、ご両親に報告もしよう。

　うん、あたしって、できた同居人だなぁ……。

　髪を低めのツインテールにしてルンルンと鼻歌を歌いながら着替える。

　って遅刻しちゃう！

　慌てて学校に向かった。

　午前中の授業を終えたお昼休み。

　ヒナと池田くんとふうちゃんが机を囲みながら、お弁当の準備をしているとき。

「恋々どこ行くの？」

　ヒナがあたしを見上げた。

「朱里くんがお弁当忘れたから、ちょっと届けてくるね」

「へぇ？　近所に住んでるから？」

　ヒナの不思議そうな声に、ドキィッとした。

　うっかりしてた。同居のことは言ってないんだったっけ。

「そうそう、偶然朱里くんのお母さんに道端で会って、頼まれちゃって……」

「そうなんだね。行ってらっしゃい」

「ついでに、お茶買ってきてくれない？」

　池田くんから、さりげにパシられつつ、あたしはお弁当をかかえて教室を出た。

　1年4組。

　ここが朱里くんのクラス。

　そーっと覗いてみると、すぐに目に入るほど朱里くんってほかとは違うオーラが出ていて。

　クラスのヒエラルキーのトップに自然とおさまっている。

　まわりにいる女子もきらきらしてるなぁ……。

　ちょっとセットしただけの黒髪の下で控えめに咲く笑顔は、初夏のさわやかさによく似合う。

　うん。朱里くんは、人生の勝ち組。

　小さいころから顔の造形美のせいか、大人に対する世渡りうまさのせいか、朱里くんって得しかしてない気がする。

　そうやって過去を振り返りながら見つめていたら、パチンと目が合った。

　「あ」と口を開けた朱里くんに、小さく手を振って「お弁当」と口パクしてみる。

　すると朱里くんは、友達と一言二言かわしてからあたしのところへ来てくれた。

「お弁当忘れてたから持ってきたよ。どっちが朱里くんの？」

　ふたつのお弁当を見せると、「俺のはこっち」とひとつ受け取った朱里くん。

「さんきゅ」

「いえいえ。忘れんぼだなぁ」

「だって忘れれば、こーして持ってきてくれるだろ？」

　ん？　何その、わざと忘れたような言い方は……？

　いや、勘違いかな。さすがに朱里くんだってそんなことしないよね。

「行こうぜ」

　なぜか朱里くんはあたしにそう言って、廊下を歩きはじめた。

「行くって？　どこへ？」

「弁当。屋上で食べよ」

「一緒に？」

「うん」

「だけどあたし、友達と食べる約束だから。それに、お茶を買ってきてって頼まれてるし……」

「はぁ？」

　どす黒い声にドキッとした。

「まさかお茶を頼んできたのって、『ふうちゃん』？」

　足を止めて、ちらりとこっちを見る横顔が怖すぎる。

「ううん。ふうちゃんじゃなくて池田くんだよ」

「ちっ。また新しいの来た……」

　今この人、舌打ちしなかった？

「だからあたし教室に戻んなきゃ。池田くん、喉渇いてるのかもしれないし」

「そんなの干からびればよくね？　つーか、水道水でも飲んでろ」

　誰も飲まないよ。

　どす黒い声に対して、心の中でそう返したら、突然ぐいっと腕を引かれた。

「……恋々は俺と屋上」

「う、はい……」

　何その、有無を言わせない目！

　優しさがこもっているようで、本当はものすごい強い意思を押しつけているあの目！

　……というわけで。

　朱里くんとともにたどりついた屋上は、ぽかぽか陽気だった。

　薄い日陰（ひかげ）に入って青空を見上げれば、点になった飛行機がのんびりと横切っている。

「気持ちいいお天気だねぇ～」

　思わず口角が上がっちゃうような、そんな心地よさ。

　さて、朱里くんが作ってくれたお弁当は。

　「じゃーん」と言いながら開いてみたら。

「うわぁ……すごい。彩りきれい（いろど）……っ」

　っていうか料亭（りょうてい）？　何このおしゃれなレンコン。

　正直ママより、がぜんうまい。

　朱里くんって、いったい何者……？

　愕然（がくぜん）と見上げると、「食べれば？」ってポーカーフェイスが言う。

　この栄養素まで計算し尽くされていそうな完璧なお弁当を見ていたら、変な動悸（どうき）がしてきた。

　明日はあたしの番っていうプレッシャーで、頭がどうかしそう。

「どうした？　食べないの？」

　——ぱく。

　美しいフォルムの卵焼きを、白い歯でかじる朱里くん。

「ううん……いただきます」

　しっかり両手を合わせる。

　……って、あれ？

「お箸は？」

「俺は知らない。入れてこなかったの？」

「え……っ、だってもうお弁当包まれてたから、てっきり入ってるかと」

「それは人に任せすぎだよね？」

「うう……おっしゃるとおりで」

　どうしよう……。

「手で食え」

「ひどい……」

　どこかに割り箸とか売ってるかなって考えたとき。

　あたしが持つお弁当に、朱里くんのお箸がひょいっと伸びてきた。

　お手本のような美しいお箸の持ち方でつままれた、お花型のおかず。

「口開けて？」

「いえ!?」

　変な声が屋上に響いた。

「恋々ちゃん、あーん」

　にや、片側の口角を上げて見おろす彼は、絶対あたしの動揺を楽しんでる。

　羞恥を煽る、その目……。

「や、そんなのは……」

「恥ずかしいの？」

　ぺた、と箸先が唇に触れた。

「……っ！」

　おそるおそる、口を開くと、そっと入ってきた上品なお花型のおかずは。

「あまぁーい……っ」

　おいしい〜！

　ほっぺが落ちたぁー！

「これは何ていうごちそう!?」

　がばっと朱里くんに向き直ると、失礼なほど大げさに距離を取られた。

「……さつまいもの甘煮」

「すっごいおいしいーっ。　え、これ、1個しかないの？」

「うん。余りで入れただけだから」

「ええ……そっか」

　もっと味わえばよかった。

　だって朱里くんが『あーん』とか柄でもないことしてくるから、なんか緊張して前半を味わい損ねちゃったもん。

　恨み半分でしゅんとしていたら。

「そんなにおいしかった？」

　って、あたしを覗き込んでくるのは、子犬みたいにかわいらしい目。

「うん。すっごくおいしかった」

　そう素直に返したくなる年下のかわいい朱里くん。

「……じゃあ俺のもあげる」

　ひょいっとつままれたお花のサツマイモが、あたしの口元へ運ばれてきた。

「……ちょっと、自分で」

「なんで照れてんの？」

「だって、あたしは朱里くんみたいに歯並びよくないし、きれいな顔してないのにそんなに見つめられたら」

「俺、恋々の八重歯ってかわいいと思うけど。小悪魔っぽくて」

「──っ」

　至近距離で、ぼうっと見つめてくる朱里くんのほうがずっと小悪魔なんですけど。

　どうしてそうやってすぐからかうの？

　もういい！

「あむっ」

　がぶりと齧りついた。

　途端に、口の中にとろける甘さが広がっていく。

「おいしー……っ」

「……かわいすぎか」

「なんか言った？」

「その真っ赤な顔、どーにかすれば？って言った」

「……っ！　これは仕方ないじゃん……」

　たしかに両手を頬に当てると限りなく熱いけど。

「……プ」

　あ、朱里くん、笑ったでしょ。

　だから、何が面白いの。

「……学食行って、割り箸もらってくる」

「遠慮しなくても全部食べさせてやるのに」

「……っちゃらい！　たらし！　絶対に嫌！」

「すげー言うじゃん」

　——ムニ。

　片手で両頬を掴まれた、あたしの視界いっぱいに朱里くんのきれいな顔が。

「……その顔いいね。はじらい全開ですか？」

　見おろす笑いは、なんだか満足そうで悔しい……っ。

「は、はなひて」

　『離して』と言ったつもりが、言葉にならない。

　ていうか、なんでそんな見つめるの……？

　あたしの視線は混乱で、あっちこっちに泳ぐ。

「……まじで食べたい」

　食べればいいじゃん、朱里くんは自分のお箸持ってるんだから！

　ドンッと胸を突き飛ばすと、ようやく適切な距離感に戻ったけど……。

「はぁ……もう、やめてよ……」

　へなへな声の間抜けでかっこつかないあたしの声は、小さくなって消えていく。

　そんなあたしを見て朱里くんは楽しそうに、だけど意地悪っぽく笑って言うの。

「あ、箸あったわ。いつの間にかポケットに入ってたよね。ごめんごめん」

　──かちゃん、かちゃん。

　朱里くんの握る箸箱が、あたしの目の前で左右に振られた。

　あたしの目は、次第に大きく見開かれていく。

「──！　それ、絶対隠してたでしょ……！」

　朱里くんのバカぁ!!

　──忘れんぼうの朱里くん。

　箸は1膳あれば十分だよね。

君だけが特別で唯一

【朱里side】

　──2人で食べるお弁当。

　箸は1膳あれば十分だよね。

　放課後になると俺は、何よりも急いで家に帰る。

　できるだけ恋々より早く家についておくっていうのは、俺のポリシー。

　帰ったら空っぽの家より、誰かいたほうが寂しくないかなって思うから。

　今日も無事、一番乗り。

「ただいまぁー」

　恋々の陽気な声が玄関のほうから聞こえてきた。

「朱里くーん、タオル取ってくれるー？」

「タオル？」

　首をかしげながら、ちょうど畳んでいたタオルを持って玄関へ向かうと。

「な……何それ？　雨？」

　恋々は、頭からずぶ濡れだ。

「違うの。すぐ近所で洗車してる人の手元が狂って……」

　いいから早く拭けよ。

「風邪ひくだろ」

　タオルを頭に引っかけられて、ごしごし拭かれる姿はま

るで犬みたい。

　水に濡れて束を作った栗色の髪は、余計にくるくると
カールしている。

　ぽたん、と制服から滴る雫。

「派手だな……」

　水のかかり方、どんだけ運悪いんだよ。

「え、派手？　きゃぁ！　変態！」

　──バシーン。

　俺の頬に手形をついていそうなほど、見事なクリーン
ヒットのビンタ。

「いったぁ……なんで殴んの」

　頬を押さえながら半ギレで顔を上げた瞬間。

　目に留まったのは、制服のブラウスから透けた黒い下着
と肌の色のコントラスト。

　手で隠してるつもりなのか、わかんないけど、がっつり
見えてる。

　胸の真ん中でクロスして編み上げるリボンとか。

　なんで、そういうデザインばっか選ぶの？

「……えろ」

「も、もう！　朱里くんあっちいってぇー！」

　もう1発引っぱたかれそうになったのをかわして、部屋
に戻った。

　……痛えな。ほっぺがジンジンする。

　乱暴にリモコンを取ってつけたテレビでは、通販番組が

流れている。

　うん、今日も驚きの価格だな？

「うさぎがいっぴき、うさぎがにひき、うさぎがさんびき」

　150匹目で恋々がリビングに来た。

「何ぶつぶつ唱えてるの？」

「精神統一。奇妙なものを見てしまったから」

「奇妙で悪かったですねぇ……っ！」

　うさぎを150匹数えても、俺から煩悩が出ていかない。

　「うさぎは1羽じゃない？」ってツッコミもなしかよ。

　ていうかさ……ほわほわした女子があんなの着てるとかずるくない？

　理性。

　頭の中でそれをカッと強める。

　そんな俺の気持ちなんかわかるはずもない恋々は、すとんと俺のすぐ隣に座った。

「ねぇね、今日ね」

　今そういうかわいい声、いらない。

「調理実習で、じゃーん。これ朱里くんの分」

　垂れ目が細まって、ふんわりと笑みが浮かぶ。

　差し出されたのは、まともな見た目のカップケーキ。

　そういう誰かの力が背景に見えるもの、いらない。

「おいしかったから食べてみて。ほとんどふうちゃんとヒナが作ったんだけどね」

　なんかムカつく名前が聞こえてきたな。

「あたし途中でクビになっちゃって……」

　調理実習でクビになる才能すらかわいい。

　俺んとこ再就職に来たら、一生大事に飼ってあげんのに。

「恋々はどこまで手伝ったの？」

　カップケーキを包みから出した恋々は、照れ臭そうに口を開く。

「……この、チョコチップをのせる係を担当しました」

「ふーん」

　じゃあチョコだけでいい。

　ほかは、いらない。

　つまんで食べたら、舌の上でとろける甘さ。

　これ、俺の分なんだって。

　食べてもなくなんなきゃいいのにね。

「なんでチョコしか食べないの？　ちゃんとおいしいよ」

「俺、他人が作ったもんが体に入ると蕁麻疹出んの」

「嘘ばっかり。あたしの作ったご飯、食べてるじゃん」

　恋々のどこが他人なの。

「でもそういえば、バレンタインの日の朱里くん『いらない』とか言って、女の子泣かせてばっかりいたよね」

「当たり前。得体のしれないもの食べたくない」

　チョコチップを、また１粒口に入れる。

「だから、あたしも作ったことなかったけど。照れて突っぱねたんじゃなくて潔癖だったんだね」

　照れて突っぱねたとか思われてたのかよ。

　恋々の目には、俺ってそんなダサい人に映ってんの？

　え？

　──ごほん。

　よく聞いて。

「ていうより、俺は好きな人が作ったものしか食べたくないの」

「へぇー。わ、見てこの包丁！　切れ味すごいよ！」

　じゃねーよ。

　聞き流して通販番組なんか見てんなよ。

　今かなり大事な話してんだけど。

「じゃあ、あの通販の包丁で俺に毎日料理作ってよ？」

　"好きな人が作ったものしか食べたくない"んでね？

「えー？　家にあるのでいいよ。最近結構よく切れるし」

「……それは俺が研いでるから」

「そうなのー!?　なんか切れ味が鋭くなった気がしてたの」

「お前こそ、もうちょっと鋭くなれない？」

　この女、鈍感すぎて吐き気がするわ。

「ねぇこれ……せっかく朱里くんに作ったのに、食べてくれないの？」

　しゅんと目を伏せて、悲しそうに呟く。

　鈍感のくせに、なんで狙ったみたいにそういうかわいいことを素で言うの？

　ああ怖い。

　心臓バックバク言わされてて怖い。

　恋々の腕を引き寄せて、両手で包んでいるカップケーキにかじりついた。

　　目と鼻の先に驚いたように目を開く恋々の顔。

「おいしい」

「あ……。ほ、ほんと？　よかった」

　　かぁっと赤くなる頬。これだけちょろいのに。

　　なんで俺を好きになんないの。

「恋々も一緒に食べよ」

　　小さな口にカップケーキを押しつけて……。

　　俺は、その反対側をかじる。

「──っ！」

　　声にならない声を上げて、真っ赤に上気する恋々の頬。

　　……死ぬほどかわいい。

　　気づけば俺の口角は、にやりと上がっている。

「分け合って食べるとおいしいね？　はい、もうひとくち」

　　同時にかぶりつかされる恋々の真っ赤な顔。

　　声にならない恋々の声が響き渡る。

　　今はそれでいいよ。

　　わけわかんないまま、俺に振り回されてて。

「……朱里くんの女たらし……」

「俺の話、聞いてた？　俺は好きな子以外にベタベタなんかしないから」

「あたしにしてるじゃん！」

　　うん。だから、そういうこと。

　　好きってこと。

　　なんでわかんないのか、それが俺はわかんない。

「ねぇ朱里くん。明日休みだし、ＤＶＤでも借りに行かな

い？」
「ホラーならいいよ」
「えっ、なんで？」
　きゃあーとか言って、びびりまくる恋々を久しぶりに見
たいから。
　そういうかわいい恋々が。
「好きだから」
「えー、ホラーなんていつから好きになったの？　あたし
恋愛ものがいいのになぁ」
「それはだめ」
　興味ないし、俳優を見てイケメンだのなんだの言い出さ
れたら、絶対ムカつくからだめ。
「男の子って恋愛もの嫌いな人が多いもんねぇ」
　『男の子って』。
　そのサンプルはふうちゃん？　池田くん？
　恋々のまわりにいる俺以外の男なんてさ、跡形もなく溶
ければいいのに。
「じゃあ、ＤＶＤ借りに行こ」

　近所のレンタルショップで、あーだこーだ言いながらＤ
ＶＤを選んだ。
　「邦画より洋画のほうが怖くないよ」っていうのが恋々
の意見なんだけど、それを一通り無視して、一番怖いと評
価の高い邦画を選んだ。
「朱里くんひどすぎ……。寝れなくなったらどうしてくれ

るの？」
「一緒に寝てあげる」
「……」
　返事ねーし。
「ホラー見たあとって、お風呂に入るのが一番怖いんだよ
ね」
「じゃあ一緒に入ってあげる」
「もうさっきから！　まともな解決策を提案してよ！」
　まともじゃん。

　マンションのエントランスに入って、エレベーターが来
るのを待つ。
　──ポーン。
　ゆっくりと開いた扉の向こうは。
　大学生と思しき男女が深いほうのキスをしていて……。
　おえ。
「あっ、ごめんなさい！」
　女の人が恥ずかしそうにペコペコお辞儀して、男と笑い
あいながら出ていった。
　隣に目を落とすと、恋々が口をあんぐり開けたまま固
まっている。
　目の前でドアが閉まった。
「おい恋々、エレベーター見送っちゃったんですけど」
「あ、いや、びっくりしたから……」
　ぽぽぽっと火照ってるその頬。かわいすぎ。

「カップルってすごいんだね……あんなことするんだ」

　小学生みたいな感想だな。

　——ポーン。

　再び開いたエレベーターから住人がおりてきて、今度こそ乗る。

　8階まであと15秒。

　いまだ、うっとりとした顔のそこの女。

　そういうのはね、俺的に、そそられる。

「……さっきの、俺たちもする？」

　恋々の頬に手を当てると、一気に沸騰。

「す……っ、するわけないでしょう!?」

「したい」

「はぁ!?」

　だってあんな恍惚とした顔で、キスシーンを眺めてる恋々が悪いと思うよ。

　憧れ全開。

　だったら、相手は俺でいいでしょ。

　——ちゅ。

　と、キスはキスでも頬に優しくね。俺は紳士だから。

　——ポーン。

　8階についてもなお、硬直する真っ赤なこの人。

　その手を引いて、808号室に入る。

　玄関のドアが閉まった瞬間。

　ばちんと音を立て、両手を頬に張りつけた恋々が叫んだ。

「ほっぺにチューされちゃった……！」

とんだ時差だな。

「なんてことするの!?」

　本気で疑うような目。言わずもがな顔は真っ赤。

「何、むきになってんの？　今日日、幼稚園児でも平気でしてるよ」

　「むー」と唇をとがらす、その悔しそうな顔。

　だいぶ煽ってくるね？

　かわいすぎんだろ。

　でも、恋々っていう女は、本当に心底手に負えない小悪魔で。

　むっとした悔しそうな顔して俺を見上げる。

「……朱里くんも」

　ぐいっ。

　腕を思いっきり引かれた俺は、恋々の目線まで顔を下げられて。

「……ちゅ」

　って言いながら唇が頬に触れた。

　──これは、絶対に反則。

「へへ。しかえしぃ」

　額まで真っ赤に染めて、にっと白い歯を見せる恋々。

　……どう思いますか？

　俺は、こんなの絶対に無理。

　心臓が吹き飛んでもおかしくない。

　ぎゅるんと背を向けた。

「あ、あれ？　朱里くん？」

　恋々にだけは絶対に顔を見られないように、早足で自分の部屋に逃げ込んだ。

　ドカンゴトンと心臓が音を出す。

　頬に触れた柔らかい感触が、自動的に反芻される便利な脳みそだな！　俺のは！

　——3.1415926535897932384626433827……。

　煩悩を打ち消していたら、トントントントントンとドアを叩く音が聞こえてきた。

「ごめん、朱里くん。怒った？　怒らせちゃったよね？」

「怒るに決まってんだろ。何してんのお前」

　憎まれ口を叩くしかできないほど余裕ないんだけど。

「ええ、でも……朱里くんが先にしたんじゃん」

　ドア越しの反論は、すごく弱々しい。

　かわい……。

　恋々、覚えといて。

「そういうのは好きなやつにしか、やっちゃいけないんだよ」

　だから俺は、恋々に……。

「……そっかぁ。ごめん」

　って。

　すごくない？

　この鈍感力。

　生きやすそう。

　生き延びるタイプ。

　うん、まぁ、長生きしてね。

「好きって何回も言ってんのに、なんでわかんねーの」

　聞こえるわけないくらい、小さい声で呟いた。

「ねぇ、朱里くん。謝るから……一緒にＤＶＤみようよ？」

　そういう悲しそうな声を出されるの、嫌い。

「……はいはい」

　——君だけが特別で唯一。

　どうせ今日も俺の負け。

休日は早起きが常識

【恋々side】
　朝一番の空気を部屋に入れるのが好き。
　お掃除ロボットがきれいにしてくれた床はピッカピカ。
　よし、朱里くんの部屋以外はお掃除完了。
　掃除は料理よりずっと得意なんだ。
　空気もお部屋も、きれいが一番だもんね。
　えっと、あとは、簡単な朝ごはんを慎重に作って……。
　って、今何時?
「もう8時なのに、朱里くんってば、まだ寝てる……」
　昨日遅くまで、リビングでゲームしてたもんなぁ。
　朝食、せっかく上手にできたのに冷めちゃうよ。
　……ていうか、今日休日だよ?
　寝て過ごしたらもったいないよ?
　というわけで、あたしは朱里くんの部屋に入った。
「しゅーりーくん」
　布団にくるまっている体を揺らす。
「……んん」
　あ。2ミリくらい目が開いた。
　閉じた。
「起きようよー。朝ごはんできたよ」
「なんじ……8時って……。まだ寝かせろよ」
　言いきった朱里くんは、もう二度寝してる。

　……かわいいし、きれいな寝顔。

　まつ毛長いし、肌きれいだし。

　「いいなぁー」なんて言いながらリビングで朝ごはんを食べて、テレビを見て過ごす。

　気づけば10時だよ？

　あたしが作ったブレックファーストをブランチにした朱里くんの部屋のドアを、ばーんと開けた。

　続けて、熟睡中の朱里くんの体を揺らす。

「朱里くん起きてー。もう10時だよ？」

「え……うん」

　そう言いながら、また寝てる。

　ぷくーっと頬が膨らんでく。

　お休みの日に寝て過ごすなんてもったいないし、つまんない。

　あたしはベッドの前で腕を組んで仁王立ち。

　これは、必殺技の出番ですねぇ。

　ベッドに乗って、そっと布団をはがした。

「え」

　目を開けた朱里くんの隣に、ころーんと転がる。

　寝起きなのに、憎たらしいくらいきれいな二重まぶたと目が合った。

「おーきーろーっ！」

　必殺、お腹くすぐり！

　朱里くんは昔からこれに弱いんだ。

　ちなみに、あたしにくすぐりは効かない。

「っ、やめ！　……ば、恋々！」

　くすぐられて、笑いをこらえながら怒っている朱里くん。

「ひっひっひー。起きない罰だよ」

　馬乗りになって、くすぐろうとしたそのとき。

「あんま調子のんなよ」

　いつの間にか反転して、覆いかぶさられているのはあたしのほう。

　朱里くんの片手に掴まれた両腕は、びくともしない。

「……恋々ちゃん、よっわー」

　片手の親指がツーっと頬を撫でる。

　びくっと体が震えて、それを楽しそうに眺める朱里くん。

「は……放してよ」

　こんなに切羽詰まった声で必死に懇願してるのに。

「……いい眺め」

　そんな感想、普通出てくる？

　熱くなっていく顔を背けると、朱里くんの目の前に向いてしまった耳を。

　まさか、かじられるなんて。

「……んっ」

　背中がぞくぞくっとして、目をぎゅっと閉じた。

　心臓がバクバク言ってる。

「声やば……」

　やばい声で悪かったですね……っ。

「もう、やめて……！」

　どうせ男慣れなんかしてないから。

　からかわないで、悪趣味！

「ねぇ恋々って、まじでやばいよね」

　だから、やばくて悪かったですね……もう放してよ！

　なんでこんなに力強いの？

　空手だ。空手で鍛えたせいだ、きっと……。

　——ちゅ。

　耳元で聞こえたリップ音。

　何度も、何度も首元にキスが落ちてくるの。

「……っ、や」

　そのたびに声が出そうになる。ぞくぞくして、へんになりそう。

「っん、……っ」

　もう……女たらし……。

「やめてってばぁ……」

　ぞくぞくしすぎて涙腺が緩んだのか、涙が溜まっていた目から、ぽろっとこぼれ落ちた。

　その瞬間、ばっちり目が合っちゃったの。

　——っ、恥ずかしい！

　目をぎゅっと閉じて顔を思いっきり背けたら、両腕に入れられていた力が一気に抜けて。

　呆気にとられた一瞬。

「……ごめん」

　そう言ってあたしから離れた朱里くんが、大きな両手で自分の顔を覆いながら天井を仰いだ。

「やっ、ちゃっ、たー……」

　ため息でできた絶望の声が聞こえた。
「あの、朱里くん？」
　どうしたの、突然落ち込んで……。
「ちょっと、部屋出てって。今、理性が散歩中」
「え？」
　理性って？
　まぁいいや。
　あたしは言われるがまま部屋を出た。
　にしてもさっきの首にキス、びっくりしたなぁ。
　正直ドキドキした……。
　ぞくぞくして、ちょっと気持ちいいというか。
　いまだわずかに残る感触を思い返すだけで、『きゃー』って叫びたくなる。
「もう1回してほしいかも……」
　そう呟きながら首元に手を当てた自分に気づいて。
　片側の頬に思いっきり平手打ちを食らわす。
　──バチンッ。
　この淫乱娘！
　そうして今、ブランチをとっている朱里くんの向かいで、カフェオレを飲んでいる。
「もう11時だね。朱里くん、今日の予定は？」
「なんもない。だから寝て過ごそうかなって」
　いるよね、休日の半分を寝ちゃうパパみたいな人。
　小さいころ、パパに何回も約束を破られたことを思い出して唇がとがっていく。

「休日、遅くまで寝てる人って嫌い」

　そう言った瞬間、

　——カラーン。

　朱里くんの手からスプーンが落っこちた。

　拾（ひろ）わないの？

　朱里くんはなぜか目を開いてフリーズしている。

　結局あたしがスプーンを拾い上げて、代わりのスプーン
を持ってきた。

「朱里くん、どうかしたの？」

「あ……あぁ、ありがと」

　スプーンを受け取った朱里くんは二、三度瞬きをしてあ
たしを見上げた。

　どうしたの、まるで目が覚めたような顔をして。

「俺も休日って早起きするためにあると思う」

「朱里くんも？　そうだよねー」

「今日はちょっと具合悪くて寝てたけど」

「え、大丈夫？　病院ついていくよ？」

　だから、あんなに変だったの？

　思わず首元に手を当てる。

「もう平気。今からどっか行こうよ」

「うん！」

　というわけで、あたしと朱里くんは街中に来ている。

　朱里くん、道行く女の子たちの視線を集めすぎぃ……。

　ひがんでないよ。断じて、ないよ。

「あの〜、道を教えてほしいんですけどっ！」

　キャピッと声が聞こえた。

　さっきから、この手を使ってくる女の子たちが多すぎる。

　あたしのほうは一切見ずに、朱里くんに聞くんだよ!?

「そこの十字路を左に曲がってもらって、それからまっすぐ行くと右手にあります」

　それに対して、朱里くんは律儀（りちぎ）に答えている。

「きゃあー、ありがとうございます！　きゃあー!!」

　はしゃいでどこかに行く女の子たち。

「ねぇ朱里くん、たぶんだけど、道を聞きたいわけじゃないと思うよ」

　ショッピングモールに入りながら、あたしは口を開く。

　だって、全然違う方角に走っていったもん。

「じゃあ、なんで道なんか聞いてくるの？」

「それは……朱里くんが」

「俺が？」

「か、……かっこいいから、喋りたいって思ったんじゃないの？」

「聞こえない。なんて？」

「だ、だから！　朱里くんがかっこいいから」

「え？　もっかい言って？」

「朱里くんが、かっこいいからでしょう！」

　大声で叫んだら、まわりの注目を一気に集めてしまった。

　すごい勢いで、頬が熱くなっていく。

　うつむくあたしの耳に「……プ」という笑い声は、たし

かに聞こえた。

「俺のこと、かっこいいって思ってくれてんの？　ありが
とう」

　穏やかな陽だまりのような優しい声。

「う、うん。どういたしまして」

「恋々も、世界一かわいいよ」

「えぇ!?　せせ、世界一!?」

　喜びを隠せない緩んだ顔を上げた。後悔した。

　だって朱里くんは片側の口角を上げた、意地悪の塊のよ
うな顔をしていたから。

「……すげーうれしそうな顔してんなぁ？」

「う」

「俺が本気でそんなこと言うと思う？」

「言いません……」

「本気だよ？」

　──にやり。

　わ──！　ムカつく!!

　うっそーって顔に書いてある！

「いってぇ!!」

「ふんっ」

　思いっきり足を踏んでやったから。

　意地悪にはお灸だよ。

「ちょっとお手洗い行ってくる」

　唇をとがらせたまま、女子トイレのほうへ向かう。

　ちらっと振り返ると……。

朱里くん、すっごい笑ってるんだよ？

信じられないよね？

でも、女子トイレから出るころには怒りも収まってた。

はーすっきりー。

と、目を上げたら、朱里くんが夜のお仕事をしていそう
な風貌（ふうぼう）の女性に声をかけられている。

目のやり場に困るほど胸のあいた、セクシーな服を着た
あんな人に！

……っ、でも、あの服かわいい。

ちょっと着てみたい……。

って、そうじゃない！

「朱里くん！」

あたしは慌てて朱里くんの手を引き、とにかく走った。

「ここまで……っ、来れば……」

大丈夫かな!?

はぁ、もう、油断も隙（すき）もない……。

「大丈夫？　朱里くん……」

「何が？」

「『何が？』じゃないでしょう！」

絶対ひとりにさせられない。

きっと悪いお姉さんに連れていかれちゃうから。

あたしは朱里くんの隣で厳戒態勢（げんかいたいせい）に入る。

本日はＳＰを務めさせていただきます。

朱里くんと腕を組んだ。

──ぎゅ。

「は……？　な、何この手？」

「大丈夫、あたしが守ってあげるから」

　年上の義務、果たさせて。

　って……あれ？

　なんか会話、途切れちゃってるけど。

　静かだなぁと思ったら、絞り出したような声が聞こえた。

「……恋々」

「何？」

「……歩きにくい」

「え、なんで？」

　そんなに力強かったかな？

　今ちょっと緩めるね。

「こんなでどう？」

　朱里くんを見上げた瞬間、勢いよくそっぽ向かれた。

「え、朱里くん」

「つーか離せ」

　腕に巻きつく私の手はバシーンッと振り払われて……。

　いったぁ。

　文句のひとつでも言おうと見上げた先には、すぐそこの
店をびしぃっと指し示す朱里くん。

「あの店行くぞ」

　突然、早足になった朱里くんに慌ててついていく。

「待ってよー」

　そんなに行きたい店なのかな？

「てか、女なんかに守られたくないんですけど」

　うつむき気味な朱里くんが文句っぽく言った。

　女なんか、ですってぇ？

　だとしても。

「年上が年下を守るって考えれば変じゃないでしょ」

「出た。またそれ」

「ん？」

「別に。じゃあ、命がけで俺のこと守ってね」

　命がけ……できるかな……。

　でも重々しい声と視線に覚悟は決めた。

「うん、わかっ……」

「いらねーよ、バアアアアアカ」

　……えっ、ムカつく。

　声の出し方も忘れるほどムカつくんだけど……。

　朱里くんが突然不機嫌になるのは、大丈夫。よくあることで、異常なし。

　あたしはお姉さんだから、そういうのはちゃんと許す。

「あれ？　朱里くんこの店行きたいんじゃないの？」

「あぁ、そうだったっけ」

　そうだったっけって、大丈夫？

　朱里くんが、さっき行きたいって指さしたばかりの雑貨店に入った。

　そしたらね？

　もう！　すっごいかわいいの！

「わぁー何ここ〜っ」

　ここは天国なのーっ!?　好みのド直球だよ……！

　だけどこうなると、同時に疑問もわいてくるんだ。
「朱里くんって、こんな女の子っぽいとこに来たかったの？」
「あーうるさい……。興味ないなら出よ」
　投げやりな声でそう言うと、視点を定めることなく商品の陳列棚を見ている朱里くん。
　まったく見る気なさそうな彼に懇願する。
「待って。お願い、のんびり見させて？」
「……そういう上目づかいはどうなの？　……俺相手に狙ってんの？」
「これかわいい〜」
「ねぇその耳って、都合悪いことは聞こえなくなるように改造でもされてる？」
　朱里くん、さっきからぶつぶつと何を言ってるの？
　って、そんなことより。
「このマグカップかわいい……っ。ねぇ見て見て、取っ手がハートの形なの！」
　朱里くんに見せたら。
「……恋々はかわいい」
　『これはかわいい』だって！
　やっぱりぃー。
「趣味合うねぇ〜。うれしー」
　女子は共感の生き物だからね。
　好みが一緒っていうのは、とってもうれしいの。
「朱里くん、これ一緒に買おうよ？」

「え、これを？」

「うん」

「……別にいいけど」

　やったぁ。ご機嫌な足取りでレジに持っていく。

　すると店員さんが言った。

「贈り物ですか？」

「いえ、自分たちので……」

　って答えながら、お腹がグーッと鳴った。

　ぎゃ、朱里くんに聞こえた？

　反射的にお腹に手を当てる。

「あっ。……おめでとうございますぅ」

　一瞬目を見開いてから、にっこりと笑みを深めた店員さんは、あたしと朱里くんに順番に目を移す。

　隣のレジで接客している店員さんも、お金を取り出しているお客さんも、あたしと朱里くんをちらっちらっと3回くらい小分けに見た。

　え、何？

　その視線に戸惑っていたら、いつの間にか朱里くんは会計を済ませていて。

「お幸せに」

　店員さんが心を込めて言った。

　……意味がわからない。

　商品を受け取ろうとしたら、店員さんはなぜかあたしに渡してくれなくて。

「これ、ちょっと重いですから。持ってもらいましょう？」

　にこやかな店員さんに「お気づかいありがとうございます」と、にこやかに頭を下げる朱里くん。

　あたしは首をかしげながら、先を歩きはじめた朱里くんを追いかけた。

「……なんだったんだろう？」

　なんかいっぱい祝われちゃった。

「恋々って、アルファベット読めないんだっけ」

「アルファベット？」

「マグカップに書いてあった、PAPA　MAMAっていう文字の意味ってわかる？」

「え？」

「それが置かれてた陳列棚の【出産祝いコーナー】って文字の意味もね」

「え？　……っ」

　朱里くんが、あたしのお腹にそっと手を当てた。

「元気な赤ちゃん産んでね？」

　プッと噴き出した朱里くんは、肩を小さく震わせている。

「え？　……っ、ええ!?」

　じゃあ、さっきの店員さんの笑みも、隣のレジからの視線も全部、あたしと朱里くんの間に子どもができ……。

「早く言ってよ……っ！」

　朱里くんとそんな目で見られたなんて、穴があったら入りたい……っ！

「だから重いものは俺が……プッ。持つから！」

　いよいよ笑いが止まらなくなった朱里くんが、声を出し

て笑いはじめた。
「も、もう！ 朱里くんのバカァ……！」

　そんなこんなで、家に帰って寝る支度まで済ませたあたしは、封印（ふういん）しようとしたマグカップをこっそり取り出した。
　朱里くんはお風呂だから、今のうちにこっそりと、どんなものを買ってしまったかだけ確認しときたい。
　ダイニングテーブルに並べて、イスに座り身をかがめて、マグカップに目線を合わせながら眺める。
　あ、すごい。
　PAPAマグとMAMAマグの取っ手を重ねて組み合わせると、BABYの文字が浮き上がるんだ。
　ベイビー……。思わず額に手を当てる。
「なんてものを……」
　買っちゃったんだ……。
　そっとしまおうとしたら、リビングのドアが開いた。
　手元を隠す間もないほど、あっという間にあたしの後ろに回った朱里くんは、そのまま身をかがめてきた。
「BABY、だって」
　……っ、わざわざ言わなくていいから！
　組み合わさったマグカップを右と左に離した。
「引き離さないでよ？」
　後ろから腕が伸びて、かちゃっと取っ手が重なる。
「……これでいい」
　満足そうに眺める朱里くん。

「これ……もしかして使う？」

「当たり前じゃん。俺、これ見てればどんなに悲しいことがあっても笑顔になれそうだから」

　え……何それ……。

　朱里くん、そんなに気に入ってるんだ……。

　不思議と、嫌な気持ちにはならないというか、むしろ。

　……うれしい、とか思う自分もいて。

「そっかぁー……」

　次第に目は細まって、ほっこりと笑みがこぼれる。

　朱里くんって、やっぱりかわいいとこあるなぁ。

「だってさぁ」

　その声に振り返ると同時に、前言撤回。

　だってそこには、いたずらっぽさ200パーセントの表情を浮かべた朱里くんがいるんだから。

「……さっきのは、何度思い出しても笑えんじゃん？」

　くっくっくっと笑いを押し殺していた朱里くんが、ついに噴き出した。

「……ほんと、恋々だけはサイコーだな？」

　朱里くんの今の表情っていうのは、全力でバカにする楽しそうな悪魔の笑みで……。

　朱里くんって人はぁ……っ。

「っ、意地悪！」

　右ストレートと伸ばした腕は、ひょいっとかわされた。

「じゃあ俺、もう寝るから」

　なんて、マイペース！

　ていうか、まだ９時なのに。
「こんなに早く寝るなんてお子様だね」
　って、朱里くんの真似してツンっと言ったの。
「お子様って言った？　どの口が言ってんの？」
　片目を細めた上から見おろす、そのセクシーな睨み方は
ずるいでしょう……？
　目をそらしたら「おやすみ」って声が耳元に。
「ちゅ」
　って声に出しながら、ほっぺにチューされ……っ。
「何するの！」
　ほっぺに手を当てて朱里くんを見上げる。
　びっくりしたし、顔、あっつい……。
　女ったらし！
　慌てふためくあたしを、朱里くんは鼻で笑ってから「幼
稚園児でもそんな赤くなんないよ。お子様だねぇ」と舌を
ちろりと突き出した。
　っく……。
　あたしが『お子様』って言った仕返しのつもりなんでしょ
うけど。
　そういうとこが、お子様なんだよ……っ！
　だけど、ちょっとだけ今の顔、かわいかったけど。
　うん。いたずらっぽい、べーって顔。
　ドックンドックン、心臓が鳴っている。
　もう、朱里くんのバカ。

君の魔力は本物

【朱里side】

「オレの彼女、すっげー従順なのね」

　1-4の教室。

　いつもなんとなくつるんでいる輪の中で、最近彼女ができたことでご機嫌な橋田という男が自慢げに言った。

　「橋田の彼女って、駅裏のお嬢様高校の子だっけー？　いいなぁー、合コンしようぜ」とまわりも盛り上がる。

　具体的に進んでいく話についていきはしないけど。

　従順ってどんなの？

「それって尽くすってこと？」

　橋田に聞いてみたら、「そうそう。なんでもしてくれるよ。あいつオレのことめちゃくちゃ好きだから」だって。

「へー」

　ガチのまじの自慢されすぎて白けるわ。

「やっぱ男子って、一歩下がって男を立てるみたいな女子のほうがいいのー？」

　間延びした声を出す女子生徒は、頭からつま先まで女子力で磨いているような子。

　メイクもしっかり、髪も爪もしっかり。

　天然素材の恋々と正反対。

　誰を見ても恋々を思い出す俺って重症だよね。知ってた。

「そりゃそうだよな？　やっぱ男は亭主関白だろ！」

　だそうです。俺じゃなくて橋田の意見です。

「亭主関白って『お茶！』って言ったら、『はいどうぞ』って出してもらえるみたいな？」

　女子生徒が不満そうに言う。

「オレの彼女そのくらいしてくれる。だから、こっちもめっちゃいい女って思うし」

　だそうです。あくまで、橋田の意見です。

「……お茶ねぇ」

　亭主関白ねぇ……。

　そんな今日は、テスト前ということで短縮授業。

　さっさと帰って、リビングで恋々を待っていた。

「ただいまぁ～。朱里くん今日も早いねー」

　のんびりした声に一気に癒やされる。

　リビングに入った途端、「って、勉強してるの!?」って目を見開く恋々。

「来週テストだから」

「だよねぇ……。あたしも勉強はじめようかなぁ」

　何そのしぶしぶやる感じ。

　そうやって定期テストをないがしろにするから、受験で焦（あせ）るんだよ。

　いいけどね。俺と同じ学年になってくれても。

　あれ？　それ最高じゃん。

「恋々は別に勉強しなくていいんじゃね？」

「でも、去年補習ばっかりで夏休みずっと学校だったから」

　　夏休み、恋々だけずっと学校？

　　聞き捨てならない。

「それはだめ。一緒に勉強しよ」

　　俺が死ぬ気でみてやるよ。

「えー？　一緒にって……」

　　なんだよ、その不服そうな声？

「文句あんの？」

「文句っていうか、勉強会を年下とやっても意味ないもん」

　　……この女。泣かせてやろうか。

「……座って」

　　選択の余地を与えない眼力にひれ伏した恋々が、ロー
テーブルの向かいに座った。

「恋々、手ぇ止まってる」

「だって……。２年生になると難しいんだよ……。こうな
らないように朱里くんは１年のうちに基礎を頑張ってね」

　　はいはい、きました先輩風。

　　３日早く生まれてんじゃねーよ。

「うっさい、集中しろ」

「う」

　　時計の音と、ペンを滑らす音……に、時おり混ざる恋々
のあくび。

　　集中力、途切れてきただろ。

　　お茶休憩でも……。あ、

　　──『亭主関白って『お茶！』って言ったら、『はいど
うぞ』って出してもらえるみたいな？』

　学校での会話が、ふと頭に浮かんだ。

「恋々。俺、お茶が飲みたい」

「あたしもー」

　ぱっと顔を上げる恋々は、ほわわーんとした笑みを浮かべて。

　ウェーブの髪がふわりと揺れる。

「ついでにあたし、おやつも食べたい」

「ん。ちょっと休憩しよっか」

「わーい」

　地球が回るのと同じくらい自然に、よいしょと立ち上がっているのは俺で。

　「ありがとう」と恋々はほわわーんと言う。

　それを見たら「なんでもするよ」って気になってる。

　……とんだ魔力だ。

　お茶、お菓子、ついでにおしぼりまで用意する俺。

　……あれ？　亭主関白って？

　全部乗せたトレーを首をかしげながら恋々のところへ運ぶ。

「わぁ、あたしこのお菓子大好き！」

「へぇー」

　じゃあ、また見つけたら買ってこよ。

　恋々はおいしそうに、にこにこと片側の頬に手を当てている。

「おいしくて幸せー」

　首をかしげて、もぐもぐ、にこにこ。

ああもう。

か・わ・い・す・ぎ・か。

煩悩をぶつける形で勉強再開。

しばらくすると、恋々がうとうとしはじめた。

窓から差し込む穏やかな陽ざしに、正座を崩した足元が
照らされている。

こくんと、船をこいでは目を開けて、またうとうと。

まとう空気さえ、かわいいんだけど……。

恋々の膝の上に広げられていた参考書が滑り落ちた。

「……あっ」

そのまま倒れそうになった恋々の頭は、なんとか押さえ
られたけど。

「寝てるし……」

鈍感力と睡眠力を鍛えすぎ。

でも気持ちよさそうな寝顔見てたら、思わず笑みがこぼ
れてしまう。

仕方ないから部屋まで運ぼうか。

そう思って、お姫様抱っこでかかえたとき。

──パチ。

目を開けた恋々が、「ひゃああああ」と絶叫しながらの
けぞった。

「あぶな……っ」

ぎゅっと抱き寄せてなんとか落ちなかったけど。

……落ちなかったけど。

ねぇ、何その顔？

「ふ……。恋々の答案用紙より赤いな?」

　どんだけ赤面してんの?

　俺に向けてくれるそういう表情はね、好き。

「おろして……勉強するから」

「俺も疲れたし、一緒に寝る?」

　って顔を近づけた瞬間だった。

「っ、バカぁ!」

　——バチーン。

　すっげー痛いんですけど。

　ジンジンする頬を押さえて、部屋の空気を換えている恋々の後ろ姿を眺める。

　あの感じ、まだ怒ってるし、まだ真っ赤な顔してんだろうな。

　そう思いながらすーっと視線を落とした先に、恋々のスマホが落ちていた。

　透明のスマホケースに挟まれているのは、プリントシールだ。

　そのオリジナルスマホケースを、じっと見て、目がカッと開いた。

　そこに写っているのは"ふうちゃん"に肩を抱かれている恋々。

　と、女子と男子の計4人で撮られたもの。

「何これ……」

「え?　あー、それはね、みんなで撮ったプリントシールを、みんなでおそろのケースに入れたのー」

　へー、おそろいで。ふうちゃんと。それと、この男と。

「だっさ。センス枯れたの？」

「ひどすぎ！　かわいいもん」

　ぷくっと、頬を膨らませる恋々。

　そんなかわいい顔してもだめ。

　このプリントシールだけは何度見てもムカつく。

　なんで恋々の肩に触ってんの、この男。

「……そのプリントシールはがせよ」

「なんで？」

「そんなもん貼ってたら入ってくる電波も途絶えるわ」

「ちゃんと入りますー」

　ムーッとした顔。

　ああもうこれ、絶対にはがす気ないやつね。

　……だったら。

　俺は自分のスマホの、盛れると女子に大人気なカメラア

プリを起動させて恋々の肩を寄せた。

「きゃっ」

「はいちーずー」

　かしゃ。

　ふたり、頭と頭くっつけて撮った写真。

　焦りつつもピースをしっかり決めた恋々ちゃん。

　変な加工を入れないほうが、恋々はかわいいけど。

「……うわぁ。朱里くんお目目おっきー」

「好きに加工して」

「うん？」

　恋々にスマホを渡すと、わけわからなそうに首をかしげながらも楽しそうに編集していく。

　「できたぁ」と見せられた画面には、ハートを乱舞させたうさぎに扮したふたりがいた。

　うわぁ……。

　まぁいいや、俺が持つんじゃないし。

　恋々が勉強してる隣で、部屋で印刷してきた写真を恋々のスマホケースに挟む作業を続ける。

　はい完成。

　ついうっかりね。プリントシールの中のふうちゃんは、俺に踏まれちゃってるけど。

　しかもこういう失敗しちゃうときに限って俺ってやつは、写真をテープでバシバシと固定しちゃったんだよね。

　仕方ないよね？

　断じて、わざとじゃないし？

「できたよ」

　すっと、恋々の手元にスマホを滑らせた。

「ん？」

　和やかな顔は一変して、ぎょっとしたものに。

「何これぇ……っ、勝手に何してるの!?　こんなの……カップルみたいじゃん」

　スマホケースを取り外そうとでもしそうな恋々の手を、俺の手は迷いなく覆うよね。

「はがしちゃだめ」

「えぇー……！」

　恋々の隣で、ちょっと垂れ目なその目を見ながら頬杖をついて問う。

「ねぇ、俺との写真いれとくのってそんなに嫌？」

　今、ごくっと唾を飲み込んだよね。

「恋々？」

「そ……そんなことは、ないけど」

「じゃあいいよね」

「……うん」

　恋々の手はスマホから離れた。

　こんなに単純でちょろいのに。

　１億回目の心の声が口から出そうになる。

　──なんで俺を好きになんないの。

「この朱里くんかわいいから、いっか。うん、大事にするね」

　そうやって、ふにゃっと笑うだろ？

　……っ、だから。

　そういうこと、かわいい顔して言わなくていいの。

　──君の魔力は相当ホンモノ。

　どんどん好きにさせられるのは俺のほう。

CHAPTER♡2

初デートは好きな人と

【恋々side】

　同居をはじめて３か月目になる梅雨のころ。

　今日でテスト結果は全部出そろった。

　なんと、ひとつの赤もなかったの！

　だから、次の学期末テストがどんなにボロボロだろうと今年の夏休みは学校なし……！

　うれしくて泣ける。

　これもひとえに朱里くんのおかげなんだ。

　どういうコネを使ったのかわからないけど、朱里くんが３年生から去年のテストを全教科借りてきてくれたの。

　みんな女子の名前だったし、朱里くんに好意のある人たちから借りたのかな……。

　とにかく。

　今は、そんな朱里くんに感謝の気持ちを込めて夕飯を作っている、というわけ。

　できたぁ。

　今まで朱里くんがおいしいって言ってくれた料理ばっかり並べてみたから、きっとおいしいはずだよね！

「いただきます」

　お箸を口に運ぶ朱里くんを、じっと見る。

「おいしい」

「本当？」

　よかったぁ。

　ほっとして、笑みが溢（あふ）れる。

「コーンスープに肉じゃが、天津飯（てんしんはん）と卵焼き……」

　テーブルに並べられた今日の献立（こんだて）を呟く朱里くん。

「どうかした？」

「和洋折衷（わようせっちゅう）どころか、卵かぶり」

「ん？」

「献立センス、光ってんな？」

　わぁ、褒（ほ）められた。

　頑張ってよかったぁー。

　翌日の学校。

「恋々の昨日のSNS、まじで笑ったんだけど」

　紙パックジュースを片手にふうちゃんがあたしの席の前に座った。

　今は中休み。

「SNS？　あぁー、昨日作った料理の写真あげたっけ」

「あんなの家族に文句言われただろ？」

「え？　ううん、言われないよ。完食してくれたし、おいしいって褒められた」

　ふふ。家族っていうか朱里くんだけど。

「え？　恋々の家族って寛大（かんだい）だな。愛されてんねー」

　感心するように頷いているふうちゃん。

「愛されてはないけどね」

　愛されては。だって、朱里くんだし。

「何言ってんだよ。あの献立を褒めるなんて、愛なしに無理だろ」

「えー？」

「だって、まずコンポタに肉じゃがってのがナシじゃん。それで肉じゃがに白飯が欲しいところに天津飯。さらに卵に追い卵。俺ならキレるね」

「言われてみれば……。もしかして献立の組み方よくなかったかな？」

「あれ、素でやってたの？　お前天才じゃん」

　笑いながらバシンと肩を叩かれてちょっとよろける。

　ずいぶんひどい言い方じゃない？

「愛されてる証拠だろ」

　なでなで。

　その手は全然いらないんだけど……。

　チャイムが鳴って、授業がはじまった。

　──愛されてる証拠。だって。

　ふふ。朱里くんってば……。

　幸せな気持ちいっぱいかかえているうちに、朱里くんに会いたくなってきた。

　だからお昼休み、1－4のクラスをこっそり覗いたの。お弁当片手にね。

　あわよくば一緒に食べたいなぁーって。

　お、朱里くん発見。

　だけど、朱里くんは女子生徒と会話中だった。

「朱里ぃ、デートいつにする？」

　頭のてっぺんから、つま先まできらきらした女子に、腕を抱きしめられるんだけど……！
　それで、で、で、で、デート……？
「別のやつを誘えばいいじゃん。なんで俺？」
「だってぇ。朱里が一番イケメンなんだもん。それに謎に彼女いないし」
「うるせーよ」
「とにかくアタシは朱里がいいのー！」
　抱きつかれた腕を払うことなく、女子を見おろして「絶対嫌」なんて言って笑ってるあの顔ー……。
　……何あれー。
　まんざらでもないってやつ？
　ふーん。
　へー……。
　デートなんか誘われちゃってさ、それもあんなかわいい子に。

　踵を返して、教室に戻った。
「あれ？　恋々、幼なじみはいいの？」
　お弁当を開いていたヒナがきょとんとして顔を上げた。
「いいの」
　朱里くんなんか知らない。
「恋々、不機嫌だね」
　ヒナが池田くんに耳打ちしてるの、聞こえてるよ。
　だって、なんか、あんなの面白くないんだもん。

「幼なじみとケンカでもしたの？」

　池田くんもふうちゃんもヒナもあたしを見上げる。

　首を横に振った。

「なんでもない。食べよ」

　ツンと唇をとがらせたまま、お弁当を開いた。

　悔しいけどそれを見たら、口元はどんどんほころんじゃう。

「……おいしそー……」

　今日は、朱里くんがお弁当を作ってくれた。

「うわ、うまそ。恋々のお母さんまじで天才だよな。料理の才能ってDNAじゃないんだなぁ」

　ふうちゃん、それはあたしに失礼だから。

　ほっぺが落ち続けているうちに、空っぽになったお弁当箱。

　蓋を閉じたら、朱里くんの顔が浮かんできた。

　——あの顔。

　きらきら女子に向けていた、あのだらしない顔。

　……朱里くんは、彼女もいたことあるし。

　っていうか、女たらしだし。

　デートくらいいっぱい経験あるんだろうな。

　エスコートとかしちゃうんだろうな。

　……っ、なんでこんなにムカムカするんだろう。

「あたしもデートしてみたい」

　——きゅ。

　お弁当箱を巾着袋にしまうと。

「デートしたいの？　じゃあ俺とする？」

　ふうちゃんのお茶を飲み込みながらの提案に、いったん動きが止まる。

「ふうちゃんと？　いいの？」

　首をかしげると「別にいいよ」だって。

「人生初めてのデートだ……」

　わぁ、ちょっとこれは、めったにない体験になりそう。

「その代わり、俺とデートすんなら、めちゃくちゃかわいくしてきてよ」

「ハードル高ぁ……」

　でも、できるだけ頑張ろう。

　そう意気込んでいると、ヒナが声を上げた。

「あの！　私も……！　その、デートしてみたい」

　そう言いきったヒナの目は、はっきりと池田くんに向いていて。

　池田くんは、頬を人差し指でかきながら「あ、あ……」と言葉を失っている。

「じゃあヒナは池田くんと。あたしはふうちゃんとで、それぞれデート体験しよう！」

「デート体験って」

　ふうちゃんは笑ってるけどね、ふうちゃん以外のあたしたち3人はデートの経験なんてないんだから！

「池田くん、いいよね？」

　あたしが助け船を出すと、池田くんは照れ臭そうにヒナと目を合わせながら頷いた。

　わぁ、池田くんってば、なんでかわかんないけど、ほっぺ赤ーい。

　池田くんって、シャイなんだなぁ。

　ヒナと池田くん、うまくいくといいな。

　というわけで、明日はデート。

　『めちゃくちゃかわいく』って……何を着たらいいんだろう？

　ヒナとアプリで通話しながらクローゼットを開く。

　なんだかすっごくわくわくしてきた！

「スカートだよねぇ？」

《そりゃあースカートでしょう》

　きゃっきゃ言いながら楽しんでいると、部屋の外からノック音。

　なんだろう？

「ごめんヒナ、またあとでかけるね！」

《はーい》

　通話が切れたことを確認して、ドアを開けた。

「朱里くんどうしたの？」

「……なんだよこの部屋？　いつ空き巣に入られたの？」

「入られてませんー！　これは、服を選んでたの。どれがかわいいかなぁって」

「それと、それ」

　指さされた服を試しに組み合わせてみたら、びっくりするほどかわいいの……！

「朱里くんすごい！　これに決まりー♪」

　これなら、ふうちゃんも文句言わないよね。

「あ、そうだ。朱里くん、何か用事？」

「風呂上がったからどうぞって、言いに来ただけ」

「そうなんだ。ありがとう」

　……ん？

　なんで部屋、まだ出ていかないの？

「お風呂入るね？」

　するっと横切って脱衣所へ。

　結局南京錠ではなく内鍵という存在を知ったあたしたちが取りつけた鍵もしっかりと閉めて。

　ふー、あったまるー。

　すっかりお風呂を楽しんで体もバシバシ磨いたあたしはパジャマ姿になってから、ドラッグストアで買ってきたパックを取り出す。

　リビングに行くと、朱里くんはいなかった。

　もう寝ちゃったのかな。

　そう思いながら、美白効果抜群らしいフェイスパックを顔に貼りつけてパック開始。

　ソファに座ってテレビのバラエティを見ながら笑っていたら、ガチャとドアが開いて。

「うわあああああ」

　朱里くんの叫び声に飛び上がった。

「何!?」

「その顔なんだよ……まじで心臓……。はぁ……」

「そうだった……！」

　恥ずかしいー！

　と叫びながら顔を覆い隠した。

「さっきから、何？　服を選んだり、そんなもん顔に貼り
つけたり……」

　朱里くんが神妙な面持ちで歩み寄る。

「あのね、じつは……あたし、人生初のデートをすること
になったの！」

初デートは俺とでしょ？

【朱里side】

　俺は耳を疑ったね。

「……人生初？」

　俺と恋々、何回もふたりで出かけてるけど。

　それはデートにカウントされないわけ。

　いや、そんなことどうでもいい。

「恋々……彼氏できたの？」

　深海よりも暗い声が出た。

「ううん。デートの練習！」

　……デートの練習。

「いや、意味わかんない」

　てか、そのふざけた顔面やめて。真面目な話をしよう。

　べり、と顔に張りついた白いパックをはがした。

「あ……」

　つやんつやんだな。

「そんな意味不明な理由で、男のために、こんなのつけて
んの」

　恋々の目の前につるす白いマスク。

「……だって……かわいくしてこいって言われたんだもん」

　はぁ？

　そいつ、殺していい？

「誰とデートすんの？」

「ふうちゃん……」

　だろうな？

　あ、なんかクラッとした。

「ちょっと待って。なんでいきなりデートの練習なんだよ？」

　俺でいいじゃん。

　つーかなんで？

　なんで俺とのやつはカウントされてないわけ？

「だって……朱里くんが」

　もごもご言ってて聞こえねーな。

「何？」

「……朱里くんが、女の子と」

　いらいらするなぁ。

「はっきり言えよ」

「朱里くんが、この前のお昼休みに！　女の子とデートするって喋ってるの偶然聞いちゃって！　だから……あたしもって思うじゃん」

　つんっととがった唇。怒りっぽい声。

「え……それって、恋々」

　──妬いてるよね？

　心臓が期待に揺れる。

「なんで俺が女子とデートしたら悪いの？」

　にやり、上機嫌になっていく自分に気づいた。

　でも。

「朱里くんのほうが後輩なのに、あたしより進んでるなん

て悔しいもん……」

　——期待。

　その２文字が、こんなにあっさりと墓場に葬られる。

「……いや、妬けよ」

　ムカつくなぁ。

　なんで俺以外の男と出かけるために、めかし込んでんの?

　恋々の隣、ソファに座って、小さい顎をガシっと掴んだ。

「ねぇ、恋々はさ、なんで俺のことは男として見ないの?」

　まじで教えて。

「目ぇそらすなよ」

「だ、だって……」

「俺と今までしたのは、デートじゃないんだ?」

「デートだったの!?」

　目からうろこ!　みたいな顔してんじゃねーよ。

　どんだけ恋愛対象外?

　ちょっと確認しますけど、

「俺は、恋々の弟じゃないよね?」

「うん……」

「どうしたら男って思ってくれんの?」

「ち……っ、近いってば」

　ドンッと胸を突き飛ばされて距離が開いた。

　視界の真ん中に、恋々の困惑で溢れた真っ赤な顔。

「……朱里くんは男子でしょ?　わかってるよ……っ。何言ってるの?」

「そういう意味じゃねーんだよ。ほんとムカつく……」

　俺が男だって、思い知れよ。

「きゃ」

　細い肩を押して、ふたり、ソファに倒れ込む。

　ソファに倒れて、ふわりと長い髪が広がる。

　湯上りの甘い匂い。

　もしもこんな恋々をほかの誰かに見られる日が来たら、とか。

　そういうことを一瞬考えて、奥歯をギリッと噛みしめた。

　……ムカつく。

「俺は、ほかの男のためにかわいくなろうとする恋々が見たくない」

「え……？」

「俺以外の男んとこ、のこのこ行ってんじゃねーよ」

　ちゅう、と首にキスする。

「……んっ、これ、やだ……」

「やだとか言って、抵抗しないじゃん」

　この前は腕を押さえてたけど、今は俺、恋々の体に触れてもないよ。

　ちゅ、とまた首に唇を押しつけてみるけど。

「……んんっ」

　ほら、抵抗しない。

　唇で鎖骨を食んで俺はフっと笑う。

「なんで拒まねーの？　こうされんの好き？」

「……っ」

　こらえられず漏れてしまったような吐息とか、切なそうな真っ赤な顔とか。

　……すげー滾る。

　首筋に舌先を這わせると、恋々はただ耐えるように身を震わせていて。

「やぁ……っ」

　声、えろいんだって。バーカ。

「間違っても、ほかの男にこういうことさせんなよ」

「……っ」

　声にならない声を押し殺すことで必死な恋々は、いつの間にか涙目。

　でも抵抗は一切しないんだ？

　……ほんと危ういよね。

　唇を首に押しつけて、強く吸う。

「……っ!?　、痛……っ」

　そこまでしてようやく恋々は俺の胸を押しのけた。

　とろけそうな困り顔で俺を見上げて、その息は乱れてる。

　……えろすぎ。

「も……今、何したの……？」

　恋々は熱っぽく目を潤ませている。

　首をすくめながら手を添えて、睨むような困り顔。

　たまんないんだけど、その顔。

「ムカつきすぎて、噛みたくなった」

　嘘だけどね。

　好きすぎて、噛みつきたいの。

「何それぇ……」

「明日のデート、そんなもんつけてたら行けそうにねーな」

「え?」

　その間抜け面もたまんないんだよね。

「喉にキスマークつけてるとか、淫乱すぎぃー」

　べーっと舌を出す俺に、恋々は血相を変えて叫ぶ。

「きっ、ききききキスマーク……!?」

　飛び上がる勢いで驚いてんね。

　うん、飛べんじゃないの。

「断ってよ。明日のデート」

「え、でも……」

「そんなにそいつが好きなの?」

「いや全然……好きとかじゃないよ。あくまで、練習……」

「意味不明。デートってのはね、好きな人とするもんなの」

　柔らかいウェーブの髪をすくって、キスをおとす。

「う……うん」

　真っ赤な顔がコクコクと頷く。

　ねぇ、ちょろくて流されやすい恋々ちゃん。

　よく聞いて。

「髪でも首でも頬でも、キスってのは、好きな人にしかしちゃいけないもんなの」

「う……うん」

「そんで、好きなやつにしかさせちゃいけないもん」

「わか、ったからぁ……」

　真っ赤な顔、両手で覆って、視界を遮ってる。

わかったんだって。

「絶対わかってないよね？」

──ちゅ。

ほら、俺が頬にキスしたってどーせ。

『……あたしのこと好きなの？』とは思ってくれないんだろ？

「朱里くんも……こういうのは、好きな人以外にしちゃだめ……」

ほらね。

「……この鈍感女」

体を離して、ソファの下に転げ落ちているスマホを拾い上げて恋々に渡した。

「で？　明日はデート行くの？」

これ最終確認ね。

まあ、それだけへろへろになってたら、俺の言うこと聞きそうだけど。

「……わかったよ。明日のデートは……断る」

俺の口元は、ほっとしていつの間にか緩んでる。

「恋々は明日、俺と遊ぼ」

ポンと頭を撫でると、恋々は素直に頷いた。

「……いい子」

ざまあみろ、ふうちゃん。

──初デートは俺とでしょ？

──俺以外とデートなんかしたら許さない。

幼なじみの独占欲

【恋々side】

　梅雨真っ只中の雨で、ちょっと憂鬱な月曜日の朝。

　朱里くんは起きがけに言った。

「今度、恋々のクラス覗いてみようかな」

　なんのために？

　そう思ったけど、こうして学校についてから、休み時間のたびに教室の外を確認してるあたしがいる。

　まるで授業参観に遅刻しているママを待つ心地。

　……今日はこないのかな？

　お昼休みも半分以上終わったもん、きっと来ないんだ。

　気を取り直して、ヒナと女子トイレの鏡の前に並んで髪を直したり、リップ塗ったり。

「で。なんで恋々はこの前のデート断ったの？　恋々が言い出しっぺだったのに」

　ヒナにそう突っ込まれてしまった。

「んー、ちょっと……幼なじみと用事が……」

　と言いながら頭にどばぁっと浮かんでくるのは、朱里くんの唇があたしの首に吸いついたあの映像。

　ファンデを塗ったくった首元のキスマークに、思わず手を当てる。

　なんて説明しようか、口の中でもごもごしていたら。

「わかった。幼なじみくんがヤキモチやいたから行けなかっ

たんでしょ？」

　ヤキモチ？

　首をかしげると、ヒナに呆れっぽいため息をつかれた。

「そのスマホケース作ったの彼なんでしょ？　ふうちゃんに対するヤキモチがにじみ出るような写真の貼り方してるじゃん」

　……ふうちゃんにヤキモチ？

「あは。そういうんじゃないよ」

「じゃあ、どういうことなの？」

「朱里くんはね、あたしに先を行かれるのが嫌なんだよね」

　その気持ちはわかるよ。

　だって、あたしもそうだから。

　朱里くんが先を行くのは、きわめて悔しい。

「ふうん……。へんなの」

　へんじゃないよ。

「ヒナは？　池田くんとデート、どうだった？」

「……あのね……」

　ヒナがあたしの耳に手を添えた。

「なになに？」

「手つないじゃった……」

　頬を赤らめたヒナは、思わずにやけてしまった口元を両手で隠しながらも、うれしそうに目を輝かせている。

「きゃー……っ！　よかったねぇ」

「うんっ！」

　目を細めるヒナの恋する乙女顔。

「それでさ……恋々」

　そんなヒナが声を落として、神妙な面持ちで言う。

「手、つないでくるってことは、私のことちょっとは好き
なのかな」

　あたしは一瞬で、いろいろなことを考えた。

　クールな割に照れ屋さんな彼が、ヒナと手をつなぐって
こと。

　その意味っていうのは、朱里くんやふうちゃんみたいな
ヘリウムより軽い男子がするのとわけが違う。

　確信に満ち溢れたあたしの目は、きらきらと輝いている
と思う！

「うん！　そうだと思う……！」

　コクっと頷くと、ヒナはうれしそうに「そっかなぁ」っ
て。

　もう、幸せそー……っ。

　ヒナと池田くん、両想いだったらいいなぁ……!!

　それにしても、恋々なんて名前つけてもらったのに、あ
たしって恋したことないなぁ。

　なんかちょっと、うらやましいかも……？

　女子トイレから出ると、この蒸し暑い廊下で、池田くん
とふうちゃんがうちわ片手に、開けっ放しの窓の外を眺め
ていた。

「何見てるの？」

「かわいい子いないかなぁって」

「だと思った」

　ふうちゃんは万年それだ。

　彼女いようがいまいがそれだ。

　そして、そんなふうちゃんに付き合う池田くんはたいしたものだと思う。

「ふうちゃんの女好きに付き合って、池田くんも大変だね」

　あたしがねぎらうと、池田くんは「へーき。慣れてる」と笑う。

　寛大だ。この人にならヒナを任せられる。

　そう思ってひとり頷くと、ふうちゃんが文句っぽく言った。

「女好きって人聞き悪いなぁ～」

　ぶちゅー。

　伸びてきたふうちゃんの両手が、あたしの頬を思いっきりつぶす。

「……ぶはっ、タコだ」

　じゃない！

「……離ひてぇええ！」

　こんな顔を通行人に見られるわけにいかないの！

　そうじたばたしていると。

　何かが、目の前に振りおりてきて、ものすごい音が続く。

　——バチーン。

「いっってぇー!!　折れたあああああああ」

　ふうちゃんが片腕を押さえながら、ぴょんぴょんと跳ねている。

　いつの間にか、すぐ隣にあった人影（ひとかげ）に顔を上げると。

「朱里くん！」

　ってことは？

　さっき目の前で見えたのは、朱里くんによる手刀打ちなの……？

　状況をのみ込んでいくにつれて脳裏に次々と浮かんでくるのは、朱里くんの瓦割りの映像。

　さーっと青ざめる。

「何してるの朱里くん！　空手は暴力に使ったらだめでしょう!?」

「うるさい。手加減してるわ」

　あ、これは。この真っ黒いオーラは。

　朱里くん、ご機嫌斜めだ。

　そんな彼は、ふうちゃんに詰め寄る。

「先輩、舟状骨って知ってます？」

　いまだ痛みに腕をぶんぶん振っているふうちゃんに、冷ややかに問う。

「しゅう？　いや、知らない」

　基本的に人のいいふうちゃんは、素直に答えた。

「折れるとすげー厄介で治りにくくて、っていう骨なんですけどね。このへんの」

　と言って、ふうちゃんの手のつけ根を指さした。

　一同、身を乗り出してそこに注目する。

　へー。ここかぁ。

「うん？」

　怪訝そうに眉根を寄せたふうちゃんは首をかしげた。

「次、恋々に触ったら、ここを瓦割りの要領でいきます」

　静かな声は、廊下の空気を穏やかに震わす。

　なのにその目だけは今、世界の誰よりも怖い。

　誰もが言葉をのみ込んだから「やだぁ、こっわーい！」とか言ってみようと息を吸ったとき。

「恋々」

　あたしの背中に手を回した朱里くんが、そのままあたしを押しながら歩きはじめた。

「え？　え？」

　戸惑いながらも、あたしは朱里くんに連れ去られて。たどりついたのは空き教室。

　こもった空気、蒸し暑い湿度。

　だからってわけじゃない、あたしの体がどんどん熱くなっていくのは、朱里くんが……。

　──壁をドンしているから。

　ああ、近い。前髪と前髪がくっつきそうなほど。

「……っ、何、朱里く」

「お前、やっぱ留年しろよ？」

「何……いきなり……」

　戸惑って、わけわかんなくて、ひたすらに目があちこち泳いで。

　でも……結局、あたしの視線がたどりついたのは、朱里くんの切なそうな顔で……。

「……なんで、俺の目の届く範囲《はんい》にいないの」

　切なそうな声が、鼓膜《こまく》を震わせた。

　心臓はドキドキしていて、頭の中はわけわかんなくなりそうだけど。

　そんな辛そうな顔を見たら……あたしも悲しい。

「どうしたの……朱里くん？」

　なんで、そんなに切なそうな顔するの？

　あたしに教えてよ。

　朱里くんのためなら、いくらでも力になるよ。

　そう思ってあたしは、壁をドンしてるその体に、両手をそっと伸ばして、優しく抱きしめた。

「大丈夫だよ。あたしがついてるから」

　硬い胸に耳をくっつけてぎゅうっと心を込めて、あったかく包み込む。

　──ドッドッドッドドドドドド。

「あ、あれ？　朱里くん、心臓が！」

　とんでもなく速い！

　そう言った瞬間が、ばっと体を引き離された。

「……こ、この。バァアアアアアアアカ!!　！」

　ぎゃ、うるさ！　耳キーンってした！

　思わず両耳に手を当てて、片目を細める。

　あっという間。

　そう、あっという間に、朱里くんは空き教室から飛び出していった。

　教室を出るともう、彼の後ろ姿はないんだからすごい速さだ。

「……どうしたんだろう、朱里くん……」

　あとでちゃんと、相談乗るからね。
　っと、次は移動教室だから早く教室戻らないと。

　教室ではヒナたち３人がまったりしていた。
「涼しーっ」
　クーラーってほんと最高。
「お、帰ってきたか恋々。てか、あの幼なじみなんなの？」
　ふうちゃんは両腕を抱きしめて、わざとらしく震えるそ
ぶりをする。けど、口元は笑っている。
「俺 "なんとか骨" を折られたくないし、ちゃんと言っと
いてよ？　冤罪（えんざい）で重症とかかたまんないから」
　そう続けるふうちゃんだけど。
「言うって……？　朱里くんに何を言えばいいの？」
「『恋々とは何もないよ』、って言っといて」
　言いきってからぶはぁっと噴き出したふうちゃんは、げ
らげらと笑いはじめた。
「恋々の幼なじみくん、かわいすぎだよ」
　ヒナも笑ってて。池田くんも、ちょっと笑ってる。
「……何が面白いの？」
　この状況に置いていかれているあたしは、どうしたらい
いの？
　池田くんが、くすくす笑いながら静かに言った。
「恋々の幼なじみ、ものすごい独占欲だね」
　……独占欲。
　意味がよくわからないけど、ちゃんと伝えよう。

　　……朱里くん、めっちゃ笑われてたよって。

「ただいまぁ～」

　って言ってみたものの、玄関に靴がない。

　珍しい……。

　朱里くん、まだ帰っていないんだ。

　なんとなく、寂しい玄関を眺めていると。

　玄関のドアが勢いよく開いた。

　──バァン！

「わっ、びっくりしたぁ……」

　追手でも撒いてきたかのような勢いに、目をぱちくりさせる。

「お、おかえり。朱里くんどうしたの？」

「ごめん、遅くなって」

　ポンポン、頭を叩かれて、追い越された。

　『ごめん、遅くなって』？

　どういう意味だろう。

「遅くなったって、あたしたち何か約束してたっけ？」

　洗面台で手を洗う朱里くんの後ろに並びつつ問うと、「え」と鏡越しの朱里くんは明らかに動揺している。

「あ、いや、さっきのは、なんでもない」

「えー？　何か約束したこと、もしかしてあたしが忘れてたりする？」

「だからなんもないし、気にすんなって」

　いや、そんな動揺されたら気になる。

　あわあわ、ごしごし。

　朱里くんの泡（あわ）だらけの両手。
　その油断しまくりの脇腹（わきばら）に狙いを定めた。
「ちゃんと言ってくれなきゃ、くすぐるよ」
　ふ、っと朱里くんがよくする、上から見くだすような笑みを真似てみる。
「やめろまじで！」
　じゃーっと水で流しはじめたけどもう遅いよ？
　あたしの両手は、すでにうごめく戦闘（せんとう）モード。
「いっきまーす！」
「言うからやめろ！」
　その声で、ピタッと手を止めた。
「何？　5・4・3・2」
「だから……」
　鏡越しの朱里くんの視線が、すこぶる低い。
「俺が先に帰ってたほうが、恋々は寂しくないかなって勝手に思ってて。今日はいてやれなかったから。つい。『ごめん、遅くなって』って言いましたそれだけです」
　最後はヤケのような早口だった。
「……え」
　とくん。と心臓が動いて。
　あたし、朱里くんのほうを見られなくなった。
「そ、そうなんだ」
「じゃあ、朱里くんが毎日すごい早さで家についていたのって……」
　引きこもりの傾向（けいこう）を疑うほど、家が大好きすぎるんじゃ

なくて。

「あたしのためってこと？」

「……それでいーんじゃないの」

　手を拭き終えたタオルを、べしっとあたしの頭にかけながら横をすり抜ける朱里くん。

　パタン、とドアが閉まった。

「何それ……」

　ふぅ……。どうしよう。

　胸の奥、変な感じ。

「うれしい……」

　思わずこぼれた声。

　鏡に映ったあたしの顔は、おでこまで真っ赤だった。

　そんなあたし、上機嫌に夏野菜カレーを作っています。

「今夜はカレーだよー！」

「さっきから言いすぎ。もう3000回聞いた」

　ふふっ。

　西日の差す夕方のリビングで、テレビを見ている朱里くんを見ながら料理するあたし。

　こういうのっていいなぁ。

　ほのぼのしていたら、朱里くんのスマホが鳴り響いた。

　画面をしばらく眺めている朱里くん。

「出ないの？」

　そう言うと、ようやく電話に出た。

「もしもし、何？」

　スマホを耳に当てる朱里くんは、少し話したかと思えば、

大きなため息をついた。

「はぁ？　何やってんの？」

　呆れ混じりの朱里くんが立ち上がって、カバンから財布を抜き取っている。

　それをズボンの後ろポケットに差し込んで、今度は自転車と家の鍵を手に取った。

　……どこかに行くのかな。

　そうやって準備をする間も、ずっと呆れっぽい声で通話しているの。

「……ほんとにアコってなんでそんなバカなの？」

　そんなこと言いながらも、朱里くんの口元は怒ってなんかないし、むしろ笑っていて……。

　あたしはいつの間にか包丁を握る手を止めていた。

　アコって、誰だろう。

　ついつい、じーっと眺めちゃった。

　やっと通話が終わったみたい。

「ごめん恋々、俺ちょっと出てくる。すぐ帰るから」

「どこ行くの？」

「近所」

　そう言って、出ていった。

「……いってらっしゃい」

　……トン。

　止まっていた包丁、動かしては止まる。

　アコって誰？

　なんか、モヤモヤする……。なんでだろう。

　野菜を切って炒めて煮て、さてカレー粉を入れようって思って火を止めたとき、ちょうど朱里くんが帰ってきた。

「ただい……」

「おかえり」

　かぶせ気味におかえりって言っちゃうくらい待ってたよ。

　エプロンのまんま、カレー作りを途中でやめて朱里くんに駆け寄る。

「ねぇ朱里くん、アコって誰？」

「え？」

　一瞬ぽかんとした朱里くんは、にやりと笑ってから、のんびりと答えた。

「……モトカノ」

　どっかーんと降ってきたパワーワードに、ふらっとした。

「元カノ……」

「なになに？　気になんの？」

　やけに楽しそうな声色だと思ったら、顎をくいっと持ち上げられて。

　首をかしげながらバカにするように笑う朱里くんが、あたしの視界いっぱいに映る。

　悔しいけど……でも、正直図星なの。

「うん、ちょっとだけ。ほんのちょっと気になる」

　なんでかよくわかんないけど、なんかモヤモヤするの。

「え」

　突然、朱里くんの指先があたしの顎から外れた。

　今のあたし、眉間にしわを寄せて、眉は下がっていると思う。

　なんか面白くないような複雑な表情をしながら、あたしは朱里くんを見上げる。

「元カノと、何してきたの？」

「……そ、そんな顔で言うのずるくね？」

　後ずさりする朱里くん。

「え？　なんて？」

　思わず耳を寄せる。

「別に……。つか、カレーは？」

「あ。カレー粉いれるんだった！」

　すぐにキッチンに戻ってルーを割り入れたけどね。

　もー！　モヤモヤする！

「……朱里くん、もしかして、元カノさんと寄り戻したりは……？」

「しないよ」

　あっさりと言い放った朱里くんが、あたしの隣に来て続ける。

「元カノね、誰かさんに似てて。すっげー抜けてんの」

「へ？」

「ひとりでこの近所の飲食店にいて満腹まで食べて、財布忘れたんだって。危うく無銭飲食。そんな前科、間抜けすぎんだろ？　だから助けてきただけ」

「そうなんだ……いいことしてきたんだね」

　優しいなぁ。

　なのにあたしったら、密会か何かしてきたのかと思っちゃったよ……。

「朱里くんは、元カノさんのこと好きなの？」

　なんとなく聞いてみた。

「……その上目づかいやめろ」

　そう言って目を隠されたあたしは。ふわりと気配が近づくのを感じた。

「俺は、元カノに性格そっくりなどうしようもないほど抜けてる鈍感女がずーっと好き」

　耳元で聞こえた囁き声に、思わず肩をすくめる。

　……って、え？

　待って。

「それって誰……？　朱里くんって好きな人いるの!?」

　目隠しの手を取り上げて、がばっと顔を上げたら、朱里くんは、にこやかに遠い目をしていて。

「朱里くん？」

　首をかしげると、ゴツンとゲンコツが落ちてきた。

「いったぁい……なんでゲンコツするの！」

「自然な流れだな」

「あ、不機嫌モード」

　っていうか、あたしだって不機嫌になりそうなくらい、モヤモヤするなぁ。

　朱里くんに好きな人か……。

「なんかさみし……」

　ぐつぐつ沸騰してきたカレーを混ぜる。

「ねー、俺に好きな人がいるとなんで寂しいのか、具体的
に言ってみてよ」

　その声は、すごく投げやりに聞こえる。

「だって、あたしには好きな人なんていないのに朱里くん
にいるのは、寂しいでしょ？」

　生まれてからずっと一緒だったのに。

　手つないで隣を歩いてきたのに。

　あたしを置いて朱里くんだけ、元カノとか、どんどん先
に行っちゃうとか。

　そんなの寂しいに決まってるじゃん。

「置いていかれるのって寂しいもん」

　あたしの頬にほんの少し溜まっていた空気を、朱里くん
がつぶした。

「……じゃあ、早く追いついてください」

　呆れっぽくて意地悪な嫌味なのに、朱里くんの表情だけ
は優しくて。

　ちょっとだけ、ドキッとした。

　──早く俺に縛りつけたいんですけど。

　なんて、朱里くんの気持ちを知ることもなく……。

風邪は、うつらない

【恋々side】

　７月。

　期末テスト期間中の休日の今日、大変なことになったの。

「朱里くん、大丈夫？」

「うつると悪いから、出てって……」

　──39.4度。

　恐ろしい数字を叩き出した体温計をしまった。

　朱里くんはベッドで布団に包まって、がたがたと震えている。

　これ以上布団をかけたら、窒息（ちっそく）しそうな枚数をすでにかけているし、どうしよう。

「寒いんだよね？」

「……うん」

「一緒に寝ようか？」

　ちょっと恥ずかしいけど、中学生のときみたいに。

「……バカなの？　まじで出てって。勉強でもしてろ」

「っ！　……ひどい」

　こっちは厚意で言ったのに。

　でもそんなに言うなら、そっとしておくのが一番の親切なのかな。

「何かあったら呼んでね」

「……はいはい。じゃーね」

　迷惑そー。

　具合悪いんだから、仕方ないか。

　悪いことしちゃったな。

　そわそわしながら、リビングで試験勉強を1時間くらい
した。

　心配だし、そろそろ様子を覗いてこようかな。

　――トントン。

　ノックしたんだけど、返事はない。

　寝てるかなぁ？

　物音を立てないように、そーっとドアを開けてベッドに
滑り寄る。

「って、部屋暑いよ！」

　つい大声が出てしまって慌てて口を押さえたけど、朱里
くんを起こしてしまった。

「あちー……」

　むくりと起き上がる朱里くんの額から、冷却シートが剥
がれ落ちた。

　かけすぎた毛布のせいか、この夏日に窓全開にしている
せいか。

　朱里くん、汗びっしょりだ。

　喉仏を上下させながら清涼飲料水を飲み込む朱里くん。

「寒いからって、冷房入れながら窓開けるのはどうなの？」

　タオルで額を拭くと、奪い取られた。

「換気だよ。恋々にうつると悪い」

　そう言いながら、目の前でTシャツを脱ぐのはやめて。

　目をそらしがてら、窓を閉めきった。
「換気なんかいいよ。部屋のドアだって閉まってるのに、うつるわけないよ」
「でも恋々が高校受験の冬、風邪ひいた俺の部屋にちょっと来ただけでうつっただろ」
「あれは……っ」
　朱里くんがキスしたからでしょお!?
　トコっていう猫……か、犬と間違って……。待って。
　──トコ。
　アコ。
　電話していたときに聞こえた、元カノさんの名前。
　もう一度、韻を確認してみる。
　トコ、アコ。
　……もしかして。
「朱里くんって中学2年のとき、アコちゃんのこと好きだった?」
　着替えの服をクローゼットから取り出して朱里くんに手渡しながら、あくまでさりげなくを装って聞いた。
「はぁ、なんで?」
「その受験生の冬、風邪で朦朧とした朱里くんに『トコ』って呼ばれたと思ったんだけど、もしかしてアコだったんじゃないかって」
「なわけねーじゃん。俺、亜湖と会ったの中3のときだし。トコも知らねーし」
　風邪で弱った声が、頭からかぶった服越しに聞こえる。

「アコもトコも知らないって、怖いんだけど……」

　冷却シートを貼り直す。

「なんで怖いんだよ？」

　薄がけの布団をかける手が止まる。

「だって……」

　じゃあ、朱里くんは誰にキスしたの？って話になるでしょ？

　幻覚（げんかく）とか、見えてたのかな……。

　頭を完全に熱にやられてたの？　それとも幽霊（ゆうれい）ー!?

　ぞくぞくぞく。

　今回も高熱だけど大丈夫かな……？

「おいおい、どうした？　なんでそんな不安そうな顔してんの？」

「ねぇ今、幻覚は見えてない？」

「はぁ？　見えてないけど」

「変なものが見えたら危ないから、あたしここにいる」

　そうなったらすぐに病院に担ぎ込もう。

　あたし、朱里くんを絶対に守るから。

　意気込んでいると「部屋戻れ。風邪うつるって言ってんだろ」と怒られた。

　もう！

　朱里くんには危機感がなさすぎる。

　これは仕方ない。

　命にかかわることだから、あの日、朱里くんの頭がおかしかったことを正直に伝えよう。

「じつはね、朱里くんに言わなきゃいけないことがあるの。びっくりしないで。心を落ちつけて聞いてね」

　また熱に侵される可能性があること、怖がらなくていいから。

　だって24時間、あたしがついてるから。

「はぁ……何?」

「朱里くんが中2のときのあの風邪、今回みたいに高熱が出てたでしょ?」

「うん」

「じつはあの日、あたし、朱里くんにキスされたの」

　あたしの声を聞くや否や朱里くんは、がばっと跳ね上がるよう体を起こした。

「……っ、はぁ!?　っ、げほっ!!　ごほっ!!」

「わああああ、大丈夫!?」

　背中をさすって、清涼飲料水を渡した。

　1口2口飲んで、ごほ、と咳払いをひとつする朱里くん。

「……落ちついた?」

　うかがうように覗き込むと、熱のせいか、顔がすっごい真っ赤!

　余計心配だよ……。

「……今の、俺が恋々にキ、ス……って、まじで言ってる?」

　消えそうな声。喉痛いのかな。

「うん。本当なの。そのとき寒いっていうから添い寝したんだけどね。そしたら突然『トコ、かわいい、大好き』って言いながら唇に、キスを」

　両手で顔を覆い隠した朱里くんは、手のひら越しに言う。

「──覚えてない」

「うん。わかってる。熱のせいで頭がやられちゃったのかなって、幻覚が見えたんだと思うよ。だから、今もすごくあたしは心配なの。朱里くんの頭が！」

「うるせー……。つうかそれ、トコでも亜瑚でもないし。もう俺にはいろいろとわかったから」

　いろいろとわかった？

「何か思い当たる点があったの？」

「"トコ" と "亜瑚" みたいな名前、もう1個くらいあるだろうが……」

　なんて？

　声が小さくてよく聞こえなかったよ。

　なんて言ったのか聞こうとしたら、朱里くんはぱたりとベッドに倒れ込んで、頭まで布団をかぶってしまった。

「とにかく幻覚とかじゃないし、安心してはやく出てって」

「でも心配……」

「また同じことしてうつされたくなきゃ、秒で出てって」

　おんなじこと……。

　って、キスってこと!?

「う、じゃあ……何かあったら絶対言ってね……？」

　部屋をそっと出た。

　だけど勉強をはじめてしばらくしたら、「あああああああ！」ってたまらなくなったような叫び声が朱里くんの部屋から聞こえてきたんだもん。

　飛び上がっちゃったよ。

「どうしたの朱里くん！」

　慌ててドアの向こう側へ叫ぶ。

「なんでもねーよ！　寝る！」

　……朱里くんって、高熱の出る風邪をひくと、行動と情緒がおかしくなるのかな。

　そっとしておこう。

　2日後には、朱里くんの風邪もすっかりよくなっていた。

　まだ若干鼻声だけどね。

久々に並んで登校している。

「ね？　あたし風邪うつらなかったでしょ？」

「よく考えたらバカだもんなお前。そりゃうつんねーわ」

「……む。1回だけうつったことありますー」

「その話はやめよ」

　気まずそうに顔を背けてるけどね、あたし、その心境をずっとひとりで味わってたんだからね！

　ですから。

　上から言わせていただきます。

「あのキス以来、朱里くんとどう顔合わせていいかわかんなくて、めちゃくちゃ気まずかった気持ちわかってもらえた？」

「気まずかったって……あ、じゃあ恋々が高校に入ってから俺んちまったく来なくなったのってそのせい？」

「う……うん」

「前は毎日のように来てたのに、突然来なくなってなんな

のかと思ったら、そんなことで？」

「だって……」

「言えばいいだろ。そんな事故みたいなキスくらいでさぁ？
お子様だねぇ」

「……っ！」

　いつの間にかあたしが言い負かされてる！

　悔しすぎてイーってなる……っ。

　……。でも。

　あたしと朱里くんが離れていた１年の間に、朱里くんは
彼女なんか作っちゃってさぁ……。

　いいご身分だよねぇ。

「ね、亜瑚ちゃんってかわいいの？」

「何いきなり。そこそこじゃね？」

　朱里くんの言うそこそこは超絶美人。

　へぇ、そっか。

「朱里くんって面食いなんだ」

　つんっとした声が出た。

　別にひがんでいるわけじゃない。断じて、ない。

「顔で選んだわけじゃねーよ」

「じゃあどうして付き合ったの？」

「おー、それ聞く？」

　もったいぶらないでよ。

「ちょうど中3のときに俺、好きな子に避けられてたんだよ
ね。で、俺は傷心じゃん？　そこにつけ込まれたよね。
……だって、亜瑚のアホっぽさが好きな子とちょっと似て

たから」

「ふーん……」

　アホとか、普通好きな子に言う？

「……おい？」

「何？」

「なんか言いたいことないの？」

「何を？」

「ここまで言ってわかんねーの？」

　どうしてかわかんないけど、朱里くんの目は呆れでいっぱい。

「わかんないって、何が……？」

　そんなに遠い目して、どうしたの朱里くん？

「その鈍感さは医者にかかるべき。お前まじで大急ぎで病院行け」

　ぽかっと頭に手が落ちてきた。

「いたー。もう、なんで叩くの」

　眉根を寄せて、見上げると朱里くんは最高の呆れ笑い。

「まぁ……いいけどね、今さら」

　ふっとあたしを見て笑った顔が、あんまりに大人っぽくてびっくりした。

　ドキドキ、心臓が動く。

　それと同時に、心臓のもっと奥がキュッと痛い。

　……朱里くんの好きな子って、どこの誰なんだろう。

　やっぱり、ちょっとだけ寂しいよ。

恋々ちゃんの抱き枕

【恋々side】

　今日で１学期も終わり！

　ということで、あたしはいつもの４人でゲームセンターへ。

　朱里くんも友達と出かけるとのことで、それぞれの時間を満喫しているというわけです。

「明日から夏休みだねぇ〜」

　今は、池田くんが得意とするクレーンゲームをみんなで囲んでいるところ。

「やったぁー！」

　ヒナが欲しがっていたぬいぐるみを取って、涼しげに手渡す池田くんと、でれっでれのヒナ。

　これは邪魔しちゃいけない。

　ですよね？　ふうちゃん。

「ふうちゃん、あっちのクレーンゲームしようよ」

「あーそうだな。あのふたりなんかいい感じだもんなぁ」

　そーっとその場を離れてクレーンゲームを回る。

「あ、ふうちゃん！」

「ん？」

「あれかわいい……！」

　あたしが指さしているのは、いたずらっぽい顔をしたレッサーパンダの抱き枕。

「愛くるしー顔してるね」

「やってみるか？」

　試しに200円。

　あたしとふうちゃんであっという間に1000円以上貢いで、結果はほんのちょっと位置がずれただけ。

「ごめん諦めよっか」

「なに言ってんだよ。今やめたら1000円が無駄になんだろ。ここまできたら取るまでやる」

　うん、ふうちゃんはそういう性格してるよね。

　池田くんとヒナのほうを見ると、少し暇そうにしているし……。

「あたし、池田くん呼んでくるね」

　あたしは、こういう性格。

　安全第一。

　餅は餅屋って言うもんね。

　結局、池田くんとふうちゃんであと1000円をつぎ込んで取ってもらった。

「本当にもらっていいの？」

「いらねーもん、そんなの」

「俺も。景品が欲しくてやってるわけじゃないから」

　男子って不思議。

　一方、大きな景品をかかえるヒナとあたしは、幸せに満たされた笑みがこぼれ続けている。

　夕飯を食べて店を出れば、外はもう真っ暗だった。

「じゃあ俺は恋々を送ってくから、池田はヒナな」

　これは、さりげないふうちゃんのアシスト。

あたしとふうちゃんはこっそり目配せする。

「じゃあなー」

　ドンっと池田くんの背中を押したふうちゃんのあとに続いてポンポンっと肩を叩いた。あたしたちの想いは「頑張れ」なんだけど、顔はにやにや。

「……わかってるから」

　恥ずかしそうに声を絞り出す池田くん。その隣でヒナもなんだか、顔赤い。

　なんか……よくわかんないけどふたりから溢れ出ている幸せオーラにドキドキするよ……。

「ふうちゃん、あたしじつは最近ね、池田くんってヒナのこと好きなのかなって思うんだ」

「は？　今さら何言ってんの、恋々。入学式からずっと、明らかにそうだったじゃん」

「え!?　入学式から？」

「ヒナもそういうの感じ取って、池田のこと好きになったんだろ、どうせ」

「へぇ……そうだったんだ」

　全っ然……気づかなかった。

　ていうかそういうのって、言ってほしい……。

「お前ほんっと鈍いよなぁ。1回病院に行ってみたら？」

　そんな真剣な顔で言わないで。

　っていうかそれ、朱里くんにも最近言われた気がする。

「ただいまぁ～」

　玄関に入ると、家は煌々と電気がついている。

　朱里くん、帰ってるんだ。

　今まで気づかなかったけど、玄関でそろえられている朱里くんのスニーカーをみると、胸があったかくなるんだ。

　そして、よみがえるあの会話。

『すごい早さで家についていったのって……あたしのためってこと？』

『それでいーんじゃないの？』

　じわりと熱くなった胸。

　……何かが込み上げてくる。

「ただいまっ」

　もう1回そう言いながらリビングに小走りで入り、いつもどおりソファでテレビを見ている朱里くんに飛びついた。

「うわぁっ！　……っ、なんだよ！」

「なんとなくっ」

「離せ、バァカ!!」

　べしっとおでこを叩かれた。

「痛っ」

　ひどい……。

　込み上げてくる愛しさを、抑えきれなかっただけなのに。

　小さいときは、あたしが飛びついたら、そのまま抱きつかせてくれたのにな。

　もう高校生だもんね。

　昔のほうがよかったなぁ……いろいろとね。

　まぁいいや。
「ねぇ見てこれ。かわいいでしょ」
　クレーンゲームで取ってもらったレッサーパンダを、じゃーんとお披露目してみる。
「何それ？　抱き枕？」
　全然こっち見ないなぁ。
「ちゃんと見てよ。このレッサーパンダの抱き枕、表情がかわいいの」
　朱里くんの前にずいっと抱き枕を差し出しながら顔を仰げば、共感の反対側の顔をしている彼がいた。
「その抱き枕のどこがかわいいわけ？」
　なんですって？
「こんなにかわいいのに！　クレーンゲームで見つけて一目惚れしたんだよ？」
「性格悪そーな顔としか思えない」
　たしかに、いたずらっぽく笑ってるし、ちょっと意地悪そうだけど。
「でも、なんかこう……胸の奥にきゅんと来るものがあるじゃん」
「センス朽ちてんな」
「もー……！　口悪いんだから……」
　ムッと睨んだ先、朱里くんはいたずらっぽく笑っていて。
　あたし、ハッとした。
「あぁ！　そっか！　このレッサーパンダ、朱里くんに似てるんだ！」

「……はぁ!?」

「だからこんなに愛くるしいし、愛しいんだ……」

　なるほどなぁ……。

　抱き枕をじっと見つめているうちに、目が細まる。

「うん、やっぱりすごくかわいい……」

　ふわふわのレッサーパンダをぎゅうっと抱きしめて顔を
うずめる。

「えーっと……。恋々、それどういう意味?」

　首をかしげて、どこかを見ながら、朱里くんはほのかに
赤らんだほっぺで聞く。

「どういうって?」

「だから、そいつが愛くるしいどころか『愛しい』って恋々
が思うのは、俺に似てるからっていうことでいいんだよ
な?」

「うん」

「きゅんとくるものがあるんだよな? 『俺に似てる』から」

「うん……」

　と頷いてから、ハッとした。

「……っ、や! 違うの! そういう意味じゃなくてっ!」

　ぶんぶんぶんぶんと大きく首を横に振る。

　慌てるあたしを見て、朱里くんはにやり、口角を上げた。

「えー。でも今そう言ったじゃん?」

　手慣れたようにあたしを煽る朱里くん。

　つーっとくすぐったいくらい優しく頬を指先が伝って、
あたしの赤面に拍車をかける。

「……っ、バカぁ！」

「俺に似てるから、欲しくなって？　クレーンゲーム頑張っ
たわけだ？」

　だから近いんだってば……っ！

　顔を背けながらも、ちょっと違和感を覚える。

　それは違う。

　あたしはクレーンゲームを頑張ってなんかない。

　突然冷静になった。

「違うよ。クレーンゲームを頑張ったのは、ふうちゃんと
池田くん」

「……ふうちゃん？　と池田？」

　それは宇宙よりどす黒い声。

　耳に届いたのと同時に、あたしの頬を優しく伝っていた
はずの指先は、がしっと頬をわしづかみにしていた。

「……今すぐそのレッサーパンダ、燃やせ」

「なんで？　絶対嫌！　今日から一緒に寝るんだから！」

「はー……。ああそう。ふうちゃんにもらったから、大事
にすんのね」

「いや、ふうちゃんっていうか池田くんもだし、しかもそ
ういうわけじゃなくて……」

　ていうか、離して！

　頬を掴む手をバシッと振り払った。

　朱里くんはあたしを見おろして、「あ」とひらめいたよ
うな声を出してから、片側の口角を上げる。

「それに似てるんだったら、今夜は俺が一緒に寝てあげよ

うか？」

「え？　……あぁっ！」

　戸惑った一瞬であたしの腕の中からレッサーパンダは誘拐され、物置きの奥地へと監禁されてしまった。

「返してよー！　抱き枕どこにしまったの!?」

こんな物だらけの物置きの中の、いったいどこへ!?

「さーね」

「もー！　教えてよ！」

「いいから、早く風呂入ってこいよ。急いだほうがいいんじゃないの」

「急ぐって、なんで？」

「だって一緒に寝るんだろ。待ってるね？」

　両肩に添えられた手のひらはふんわりと優しくて、抵抗する間もなく。

　ちゅう。

　鎖骨に柔らかくて熱い唇の感触……。

　かぁぁっと顔が熱くなる。

「も、もう！　バカァ!!」

　──バチーン！

　ざっぱーんとお風呂に入った。

頭に浮かぶのはレッサーパンダだ。

　せっかくふうちゃんと池田くんが頑張って取ってくれたのに……。

　明日にでも物置きの中を探してみよう。

「お風呂上がったよー」

って、もうリビングに朱里くんいないし。

　トントン、朱里くんの部屋をノックしてから扉をそっと開く。

　すると、スマホゲームしながらベッドに横になっている朱里くんが、ちらっとだけこっちを見た。

「何？」

「何って、一緒に寝るんでしょ？」

　中学のときぶりだし、ちょっと照れ臭いけど。

　朱里くんといろんな話しながら寝るのは好きなんだ。

　だから、ちょっとわくわくしていたのに。

　……ねぇ、何その沈黙？

　それと愕然としたその目は？

「……は？」

　やっと絞り出したような声。

　そのたったひと声は、さもあたし自身を疑っているかのようで。

「え？　もしかして冗談……」

「当たり前だろ、バァァァァァカ!!」

　──バタンッ。

　……締め出された。

　え？　ひどくない？　楽しみにしてたのに……。

　──抱きしめるだけじゃ絶対んないもん。

　そう思っていた朱里くんのことなど知らず、「朱里くんめぇ……」っとムッとしていたあたしだった。

ドタキャンする人、人間失格

【恋々side】

　なんと重大ニュースです。

　このたび、ヒナと池田くんが付き合うことになったの！
両想いってスゴイ。

　そんな、夏祭りが差し迫った夏休み某日のこと。

《でね、池田くんが、４人じゃなくてふたりで夏祭り行け
ばよくない？って……》

　電話越しに言いづらそうに提案したヒナに、あたしは快
諾した。

「ふたりで行っておいでよ！」

　そういうわけで、あたしとふうちゃんのふたりでお祭り
に行こうかって、ふうちゃんとも話してたんだけど。

　夏祭り当日の午後になって、ふうちゃんから電話が来た。

《やっぱ、恋々とふたりで祭りっていうのは、あの幼なじ
みに "なんとか骨"、折られそうで嫌だなーと思ってー》

「え!?」

《昨日ナンパした子がまたすげー美人なんだけど、そっち
と行くわ！》

「はぁあああ!?」

　って、骨折とかそういうことじゃなくて、美人さんと行
きたくなっただけでしょ!?

　ふうちゃんって人は、ひどすぎる……。

　まぁ、知ってたけど。

　そうやってドタキャンされたあたしは、なす術もなく。

　ふうちゃんめぇ……っ！

　怒りにちょっと震えてから、カレンダーに書き込まれた【お祭り】の文字を見て、ため息をついた。

　沈んだ気持ちでリビングに行くと、朱里くんがのんびりと冷凍ミカンを食べていたの。

　うん、なんか無性に癒やされる……。

「恋々も食う？」

　ミカンをひとつ差し出す彼のお隣に座る。

　いただきます。

「ありがとう。朱里くんは今日のお祭りに行くんだよね？」

「うん。恋々も行くんだろ？」

「う、うん」

　ドタキャンされたなんて、かっこ悪くて言いたくない。そんなプライドのせいで、さらりと嘘をついてしまった。

「朱里くんは誰と行くの？」

「中学の友達」

　中学の、ってことはあたしと朱里くんの共通の友達の可能性がある。

　朱里くんたちに混ざれる可能性も、ないわけではない。

「その中にあたしも知ってる人っている？」

「たくみとゆうまと川本は知ってんじゃないの？　小学校一緒だし」

「あー、名前は知ってる」

　なんだ全然仲良くないなぁ……。

　入れないかぁ、ちぇ。

「あとは、亜瑚とその仲間ふたり」

「亜瑚……」

　って、

「元カノと行くの？」

「聞いてた？　みんなで行くの」

「ふーん……」

　いつの間にかとがっていた唇のこと、朱里くんの指先が押して、やっと気づいた。

「あれぇ？　なんでそんな不服そうな顔してんの？」

　突然のいたずらっぽい声に、「え!?」と声が出た。

　そこには、いつものように意地悪そうに笑っている朱里くんがいて……。

「俺が亜瑚とデートすんの、そんなに嫌なの？」

　デート！

　わざわざそんな大人な言葉使って煽ろうったって、そうはいかないから！

「別に。朱里くんが誰と行こうが、あたしには関係ないもん」

「……ほんと？」

　首をかしげる朱里くんは、あたしが強がってることを確信してる。

　ええそうですよ。

　たしかにあたしは、面白くないって思っている。

「『行かないで』ってかわいく頼めば、考えてやるよ？」

　どーすんの？　って、にやっと笑うその顔の憎たらしい
こと……。
「あのね、朱里くん。大人として言わせてもらうけど、ド
タキャンする人は人間失格だよ」
　ふうちゃん、朱里くんを通してよくお聞き！
「ドタキャンだけは絶対にだめ」
　真正面から目をそらさず、静かな怒りを込めて真剣に注
意した。
「って、聞いてる？」
　すっごくげんなりした顔してるけど……。
「『大人として言わせてもらう』あたりが引っかかりすぎて、
そのあとが全部頭に入んなかった」
　じゃないよ、ひどいなぁ！
「つか、どうでもいい。ねぇ、恋々？」
　隣に座る朱里くんは、ずいっと顔を近づけた。
　戸惑うあたし。
　すぐそばにいる朱里くんを見つめ、息をのむ。
「俺が、亜瑚と一緒に行っちゃっても、本当にいいの？」
　低い声が、あたしの鼓膜を震わせる。
「……本当は嫌なんじゃないの？」
「そんなことないもん……」
「恋々も祭り行くの断って、家で俺と遊ぶ？」
　そう言いながらふわりと近づく甘い香りに、思わず目を
閉じた。
「ねぇ、恋々。さっきのヤキモチでいっぱいの目、もっか

い見せてよ」

　ちゅ、と音。

　あたしの頬に、柔らかくて温かい感触が押しつけられたから……。

「……っ！　朱里く……」

「元カノにヤキモチ焼いたり、こうされても抵抗しないのってなんでなの？」

　朱里くんの、ぼうっとしたその目が。

　あたしの心臓をどんどん速めていく。

「なんでって……」

　あ。真っ白だ……。

　あたしは何も考えられなくなったまま、ただ、朱里くんの熱っぽい顔だけを見つめて。

「……そういう顔、ずるいんだって。止まんなくなったらどうすんの」

　そう言って、あたしからそっと離れた朱里くんはその場で背を向けた。

　もう終わり……？

　思わず手を伸ばしたくなる。

「俺、もう行くよ？」

　まるで、最終確認のような問いかけの声。

　──行かないで。

　そう言ってしまいそうになった。

　だけど、ぐっとこらえる。

「……いってらっしゃい」

　あまのじゃくな言葉を代わりに言うと「……あっそ」と、ふてくされたような声が返ってきた。

　朱里くんは、こういうこと亜瑚ちゃんにもするのかな。

　一瞬そう思ったら、すごく嫌だって思った。

　──『なんで拒まないの』。

　わかんない、わかんないよ。

　だって嫌じゃないから。

　優しく触れられていたいって気持ちがあるから。

　それだけしかわからない。

　朱里くんの背中が遠くなる。

　待って、行かないで。

　手を伸ばしかけたとき、朱里くんがこっちに振り返ったから、さっと手を引っ込めた。

「……帰り、はしゃぎすぎてあんま遅くなんなよ」

　あたしの頭に伸ばされた大きな手。

　それから、なんとも温かい目を細めて。

　ポンポン、って頭を叩いて家を出ていった。

「行ってきます」

　空っぽになった部屋。

　熱を持った体だけ、異常なほどドキドキと音を立てて。

　でも反対に、心の真ん中だけはぽっかりと穴があいたみたいな気持ち。

「はぁ……」

　朱里くんは、ただお祭りに行っただけなのに。

　元カノ含めた、友達とみんなで行っただけなのに。

　朱里くんが行ってしまっただけの部屋なのに、どうして
こんなに寂しいの？

　両親がバンクーバーに行ってから初めて感じた、途方も
ない寂しさだった。

　拗ねてふて寝して起きたら、もう夜になっていた。

　お祭りの屋台もラスト15分。

　盛り上がっているだろうなぁ。

　ヒナは今ごろ、池田くんと楽しんでるかな。

　ふうちゃんのことは知らない。

　朱里くんは、亜瑚ちゃんと……盛り上がっているのかな。

　見たこともない亜瑚ちゃんと手を重ねる朱里くんを思い
浮かべたら、またモヤッとした。

「はぁー。もう……暇だなぁ」

　切ないなぁ……。

　お祭り行きたかったな。

　ベランダに出て、外を見ると交通整理もされている様子
で、歩行者天国には浴衣の人がいっぱいいる。

　帰っていく人がほとんどだ。

　なんとなくスマホを見てみると、朱里くんからメッセー
ジが入っているのに気づいた。

【まだ祭りにいる？　一緒に帰んない？】

　30分も前のメッセージ……。

　全然、気づかなかった。

【ごめん。今日じつはお祭りに行ってないんだ】

【どこにいんの？】

　返信早いなぁ。

【家にいます】

　ベランダでボケーッとお祭りの賑わいを眺めながら、ラムネを飲む。

　あぁなんて寂しい夏。

【意味不明。すぐ帰んね】

　そうメッセージが届いてから、本当にすぐだった。

「ただいま！」

　夕飯の匂いを嗅ぎつけた小学生のような、勢いのある声が玄関から聞こえた。

「おかえり……！」

　あたしは小走りで玄関に向かった。

　そこには、朱里くんが肩で息をしていて。

「なんでそんな……走って帰ってきたの？」

「そんなことより、なんで祭り行かなかったの？」

「あ……じつはお昼にドタキャンされまして……」

　お恥ずかしい……。

「バカかよ。言えよ。恋々祭り行きたかったんだろ」

「うん」

「まじでバカ、バカすぎて。バァカ」

「バカバカ、言いすぎだから……！」

　って言いながらも、あたしはなんだか、楽しくなってきてる。

　お祭りに行けなかった寂しさは、朱里くんが帰ってきた

ら消えたみたい。

「そういうときは、基本的に恋々を優先したいって俺は思ってるから」

　呆れっぽい大人びた表情。

　そう言って朱里くんはすれ違いざまに、ポンとあたしの頭の上にビニール袋を置いた。

　頭上でがしっと受け取ったあたしは、先を歩いていく朱里くんの後ろに慌ててついていく。

　だけど、朱里くんは、そこで立ち止まった。

「……お前、もっと俺のことひとりじめしていいよ」

　そう言って振り返った朱里くんは、ごめんねって言っているかのような切なそうな表情。

　ドキンっと心臓が跳ねて、思わず声をのみ込んだ。

「それお土産。慌てて買ったんだけど、走りすぎて割れた」

「え？」

　ビニール袋を開けて中身を覗くと、ピンク色のりんご飴が入っている。

　バタンと、あたしの目の前でわざとドアを閉じる意地悪な背中。

　だけど、あったかくて仕方ない……。

「ありがとう……！」

　ドアを開けて、あのおっきな背中に飛びつきたくなった。

　でも、できなかった。

　ドキドキ。心臓が痛いほど、動いてる。

ふたり並んで見上げる夜空

【朱里side】

——ドタキャンされるたびに俺のこと呼べばいい話。

そう思いながら眠った日の数日後。

ピピピピピピ……。

耳元で大音量のアラームが鳴ったのを3回聞いて、俺は4度寝を観念した。

朝7時。

ベッドから起き上がり、頭をかく。

「……ねむ」

夏休みっていうのは光速で過ぎて、カレンダーはもう8月。

重たいまぶたをなんとか開ける。

とりあえず洗面台で顔を洗って、歯を磨いて。

それでもボケーッとする頭で、リビングに入った。

「おはよー。朱里くんのアイスも冷凍庫にあるよ」

起きがけにアイスはいらない。

そう心の中で返しとく。

早朝のコンビニから帰ってきたらしい恋々は、扇風機の前でアイスを食べている。

休日に早起きすることだけは、ずば抜けて能力高いよね、この人。

だいたい休日っていうのは、溶けるほど寝るためにある

んだよ。

　……なんだけど俺は、毎日必死で起きてんね。

　空調の効いた過ごしやすい部屋でなお、扇風機にアイ
スって。

　今日ってそんな暑いの？

　最高気温を思わず調べた。36度。やっば。

　恋々に目を移すと、Tシャツにショーパン。

　無防備な白い手足、それから首元。

　ため息まじりに恋々の隣に腰をおろした。

「こんな格好で外出たの？」

「うん。すぐそこだしいいかなって」

「よくねーよ。やめとけ。恋々の異常な早起きは最悪朝帰
りの酔っ払いと時間がかぶんだよ」

「え？」

「今度から俺のこと叩き起こして。ちゃんとついていくか
ら」

　って……聞いてんの？

　大事な話してんのに、溶けそうなアイスに気を取られて
んじゃねーよ。

「聞いてた？」

　アイスを握る恋々の手を奪うように掴んだ。

「え？　う。うん。わかった！」

　慌てて答える口元、アイスを追うのに必死かよ。

　そんな気になるなら……。

　手伝いますよ。

——ぺろ。

　気になって仕方ないその垂れかけのアイス、溢れる前に舐めてあげる。

「風にあたるとアイスってすぐ溶けんの。知らねーの？」

　恋々の親指に垂れたアイスを舌ですくうと、あいつの頬は次第に赤らんでいく。

　いいねぇ、その顔。

「……あま」

　にやり、俺が笑うと、今までフリーズしていた恋々が慌てはじめる。

「ひっ、人の取らないでよ。……朱里くんのアイスは、あっちに……」

　よく聞こえないな。

「ほら溶けるよ。食べないの？」

　至近距離で見つめるだけで、こんな真っ赤になるくらいちょろいのにね。

「ほら口開けて。あーん」

　いつの間にかアイスを握ってるのは俺。

　恥じらいたっぷりで、控えめに口を開ける恋々。

　そんな表情、春よりは成長したじゃん？

　……まじでいい眺め。

「あ」

　チョコアイスが、恋々の唇の横についた。

「ちゃんと口開けねぇからつくんだよ」

　——ちゅ。

　　まるでキスするみたいに、唇の端に口をつける。

　　もうアイスなんてどうでもいい。

　　放り投げて、押し倒したい。

　　このまま。その火照った顔、俺に見せて。

「朱里く、ん……っ！」

　　逃れようと一生懸命顔を背ける恋々。

　　逃がすわけないよね？

　　──だって全然抵抗しないじゃん。

「……ん、やだ」

「嘘つき。嫌じゃないくせに」

「……っ」

　　ほら言い返しもしない。

　　今ね、隙しかないよ、お前。

　　ほんとはその唇、今すぐ奪いたいけど。

　　バカにはそういうことできないから。俺、紳士だし。

　　口元についたチョコを指先で優しくぬぐった。

「……取れたよ」

　　泣きそうにも見えるその困り顔。

　　真っ赤で、へろへろで、潤んだ瞳は俺を追う。

「……ありがと」

　　なんでお礼言ってんの。

　　呆れるわ。

　　思わず笑っちゃったよ。

「……ほんとバカ」

　　そんな今日は、去年を除いて毎年恋々と行っていた花火

大会の日。

　浴衣を着るんだってことで、俺も久々に実家へ行って浴衣を取ってきた。

「ついに今日は花火だねぇー」

　壁にかけられた浴衣を、目を細めながら眺めている恋々。

「いいから、早く手伝え」

　朝食が終わったら、洗濯干しだろうが。

　最近は暑すぎるから、時短のためにふたりがかりでやっている。

　もちろん、恋々の下着は自分の部屋で干してもらう。

　あんな体に悪そうなものをベランダに干されたらたまんないから。

「あつーい」

「さっきからそれ100万回聞いた」

「あ！　朱里くん、海に行こう！」

「ふたりで？」

「どっちでも。誰か誘って行く？」

「いや、ふたりで行こ」

「やったぁ。あたし水着買ってくる」

　花火の時間までに戻るから！

　って、突然楽しそうにしてるけどさ……。

「待って。水着はひとりじゃなくて、友達と選べば？」

「だって友達みんな日中は部活だもん。帰宅部のふうちゃんはバイトだと思うし」

　そのおかしな選択肢はバイトがあろうとなかろうと最

初っからねーんだよ。

「まじでひとりで選ぶの？」

　水着を。恋々が。ひとりで。

「うん。……それだと、なんかだめ？」

　かわいらしく首をかしげるとこ。そういうとこ。

　か・わ……。

　あー、違う。そうじゃなくて。

「恋々の独断じゃ、絶対にだめ」

　頭をよぎるのは、今まで目にしてしまった下着姿。

　恋々の趣味、頭おかしそうじゃん。

　お前、無意識にとんでもない水着買ってくるだろ。

「じゃあ俺も行く」

「え！　朱里くんが？　いいの？」

「なんでちょっと喜んでんの？」

　普通「絶対嫌！」とか言わない？

「だって朱里くんセンスいいもん」

　──パンパン。

　洗濯物を叩いて、目を細める恋々。

「だからかわいいの選んでー」

　甘えっぽいのんびり声。

　ウェーブの髪が太陽に煌めいて、ふわりと揺れる。

「……か」

　かわい……。

　くらっとした。

「ごめん、ちょっと俺……先にあがります」

「え!? ひどい! まだ洗濯物こんなにあるのに!」

　よく聞こえない。

　リビングに入ると快適な温度。

　でも熱い。

　あー、心臓が痛い。

　そして近所のショッピングモールにたどりついた。

　水着の売り場から溢れる陽気なオーラが、フロアを包んでいる気さえする。

　……正直こんなところ、1秒も入りたくない。

　こんなの罰ゲームを超えている。

「あ、売り場みつけたー」

　でも目を輝かせているやつが隣にいるから、しぶしぶ入った。

　案の定、客は女ばっかりだけど、たまにカップルもいて救われる。

　肩身せっま。

「朱里くん、これってどうかな?」

　目を輝かせながら、自分に合わせて俺に見せる白のビキニ。

　ほら見ろ。

　頭おかしいの選んできただろ?

「この紐、何?」

「胸の下でクロスさせるみたい。こんな感じ」

　え、わざとですか?

　服の上からだけど、胸に水着を押し当てて、ビッチの彼氏が喜びそうな紐を胸の下で交差させて。

「やめろバカ」

　奪い取って水着を戻した。

　誰も見てないだろうな。

　近くにいたカップルの男に目を向けると、その視線は恋々へ向いていた。

　……見てんじゃねーよ。消えろ。

　恋々の手を引いて、場所を変える。

「お前って、まじで悪趣味極まりないな」

「え……かわいくない？　ほら、流行ってるみたいだよ？」

　たしかに、あのギャルっぽいお姉さんはさっきの水着の黒を購入予定みたいだけどな？

　お前そこの全身鏡で見て見ろよ。

　顔も雰囲気もほわわーんとしてんのに、なんでそんなもんが似合うと思うんだよ。

　いろんなモシカシテが沸いてくるだろ。

「恋々は色白だから、白着たらなんか……。ピンクとかラベンダーとか似合うんじゃね？」

「ラベンダーいいねぇ、かわいい」

　声を弾ませて目を細める、ご機嫌な口角。

「恋々、これは？」

　比較的、露出が少なくて見ようによっては服に近いような水着を指さした。

　胸元のフリルも目立つし。

「これならいいんじゃねーの？」

　そう言って指さす先を確認すると、「えー」ってすげー不服そうな声だな。

　かと思えば恋々の人差し指が、マネキンを指した。

　谷間をリボンが締め上げた、きわどい水着を着るあのマネキンを。

「あれかわいくない？」

　じゃねーよ。

「まじでお前センス拾ってこい」

　問答無用にざっくりと斬られた恋々は、しょんぼりと俺が提案した水着を手に取った。

「これもまぁ、かわいいから着てみるね」

「あとこれも持ってけ」

　水着ってよりは服っぽいから、いいんじゃないの。

「あぁ……うん。それもね。着てみる」

　選んでやってんのに文句っぽいなぁ、この女……。

「ご試着ですか？　こちらへどうぞ」

　小麦色に日焼けした、サーファーのような店員に案内された試着室。

　鍵つきのドアの向こうに試着室のカーテンがついている。

　鍵つきのドアと試着室のカーテンの間にある空間で付き添いが待っていれば、ほかの誰かに見られることなく水着をお披露目できるという造りらしい。

　店員にどうぞーって、俺まで入るように促されたけど。

「いや、俺は外で待ってるから」

「えー……じゃあ、スマホに写真送るから見てくれる？」

「それは……」

　バカなの？

　言いたいことは全部ため息に変わった。

「俺もう選んだし、あとは恋々が自分で決めたらいいじゃん」

「だって自信ないもん……」

「お前何歳だよ」

「朱里くんがあたしのセンスバカにするからでしょ!?　似合うかどうかくらい見てよ……」

「いや……それ、恥ずかしくないわけ？」

「え……でも、だって水着だよ？」

　って言うけど、こっちからしたらそれは下着とほぼ変わんないから。

　だけど、写真を送られてきたら絶対に困る。

　そう思って、俺は鍵の内側に招かれるがまま入っている。

　目の前で閉じたカーテンが、たまに揺れる。

　──ストン。かちゃかちゃ。

　着替える音が聞こえて。

　たった1枚のカーテンの向こうには……。

　目を閉じて、精神をひとつに束ねる。

　寿限無寿限無五劫のすり切れ海砂利水魚の水行末雲来末風来末……。

「朱里くん」

　寿限無を3周したころ、声が聞こえて目を開けた。

　恥ずかしそうにカーテンから顔を出す恋々。

　ごくっと唾をのんだ。

　……心臓がおかしくなりそう。

「……どうかな、なんかちょっと……変？」

　顔を赤らめながら、白い腕がカーテンを開いていく。

　ふわりとしたフリルは胸を隠してくれるものなんだろう
と予想してたのに。

「あぁ、そうなる……」

　そう言いながら、思わず目を背けた。

「……なんか変だよね」

「うん、それはだめ。全然だめ」

「ひ、ひどい……」

　って、たしかに言い方は悪かったかもしれないけど、そ
んな本気で落ち込まないで。

　だって、なんて言えばいいんだよ。

　意外と脱いだらすごいんだなぁって？

　フリルって巨乳には向かないんだなぁって？

　どんなアホがそんなこと言えんだよ。

「もう1個のほう着てみる……」

　しょんぼりとカーテンの向こうに消えた。

　さっきまであんなに楽しそうだったのに、なんかごめん。

　そう思って、カーテンの奥に声を投げかけた。

「そっちの水着はきっとかわいいと思うよ」

「え？　うん！」

　もう恋々の声はご機嫌だ。

　……本当に、お前簡単だな。

　単純明快。

　アホっぽいとこ、好きだけどね。

「着れたよ」

　今度は自信ありげに出てきた。

　赤のギンガムチェックのオフショル。

　……なんで？

　ふつうの水着より服っぽいしデザインだってカジュアル
なはずのに、何がこんなえろいの？

　恋々はうつむき気味に恥ずかしそうにはにかんで、白い
腹に両手を当てている。

「どうかな？」

　俺を見上げた上目づかい。

　あれ……何このかわいい生き物？

　俺の言葉を待てば待つほど不安そうな顔になっていく。

　この数秒で、俺は悟った。

　──恋々は、水着を着ちゃいけないんだ。

　そうだよな。

　なんで気づかなかったんだろ。

　こんなの、海なんて公共の場で、ましてほかの男のいる
場で着せていいわけないじゃん。

「恋々、早くそれ脱いで」

「え!?」

　って、両手を胸元でクロスしてガードしてるけど。

　そういう意味じゃねーよ。アホか。

「さっさと服着ろ。帰んぞ」

「え、どうして？」

「たった今、海はナシになった」

「えぇ!?　なんでぇ!?」

「声うるさ」

　試着室に恋々を押し戻し、俺はもう一度、寿限無を３周。

　服を着てカーテンから出てきた恋々のこんがらがった襟、何それ。

　そばに引き寄せて、襟を直した。

「……ありがと」

　お礼の割に、不服そうな声。

　案の定、拗ねてんね。

　拗ねていようがいまいが関係ない。

　何も買わずに、恋々の腕を引いて、売り場を出た。

「なんで海はナシなの……？」

　さっきからがっくりした声がしつこいな。

「そもそもなんで海に行きたいんだよ？」

「暑いから！　夏だから！」

「安直だな。でもそれって、プールでもできるよね？」

「え、うん、できる」

　じゃあプールに行こう！　と提案しようとしているその輝く目を見て、瞬時に俺は言うよ。

「ベランダにゴムプールでも張って入っとけ」

「……！」

「恋々にはそれで十分だろ？　水張りくらい手伝ってやるよ」

「……そんなのプールって言わないし！　ムカつくーっ」

「あー？　今なんつった？」

「海に行こうよ……！」

　ぷくっと膨らませた頬。それをぶちゅーっとつぶしながら、距離を詰めた。

　拒否権を与えない圧力で、俺は言う。

「……絶対行かせない」

　一瞬ひるんで見せた恋々は、負けじと俺を睨みつけた。

　迫力ないけどね。

「だっ、だから！　なんで海はだめなの!?」

　なんでって、好きだから。

　ひとりじめしたいから。

　そんな布切れだけの恋々を、ほかのやつに見られたら気が狂いそうだから。

「世界のため。恋々の水着を見た全員の目に毒じゃん」

　眼科大繁盛、って続けたらめちゃくちゃ睨まれた。

「……っ！　ひどすぎ、朱里くんの意地悪！」

　怒りすぎて半泣きって、何それ。

　めちゃくちゃかわいいじゃん。

　でもまじ泣きさせたら、後味悪いからね。

　リップサービスしとく。

「恋々は、浴衣のほうが似合うよ」

「……っ、え？」

　明らかに恋々の口元が緩んだ。
　単純かよ。
「早く帰ろ。俺に浴衣姿を見せて」
「え……うん」
　はにかむ笑顔。
　バカみたいに単純すぎてちょっと引く。
　でもそういうとこが好き。とかいってね。
「……かわい」
　誰にも聞こえない声で呟いた。

　そうして夕方、祭りに行くために浴衣を着ている。
　浴衣の着方は、動画サイトでお互い検索して試行錯誤した。
「着れたよー」
　にこにこと現れた恋々の浴衣は、意外と形になっている。
「まじでちゃんと着れてんじゃん」
　藍色の椿が描かれた浴衣を着こなした恋々が、世界一かわいく俺の瞳に映る。
「朱里くんすごい……！　完璧だね」
　恋々は楽しそうに目をきらきらとさせながら、俺のまわりをくるっと1周した。
「はしゃぎすぎ」
　かわいすぎるからやめて。
　こつんと、頭を叩く。
「だって楽しみなんだもん」

　愛嬌たっぷりの笑顔で、「早く行こ？」と俺の手を引く恋々のテンションが高すぎてかわいい。

　俺は「はいはい」と赤い帯の後ろについていく。

　そう、最初こそね。

恋々の浴衣も上手に着れたもんだなって思ったんだけど。

　冷静に考えれば、恋々がそんなうまくできるわけないじゃんね？

　ひゅーっと高い音が空気を震わせ、体に響く破裂音。

「わぁ。きれい……っ！」

　花火会場の片隅、はしゃぐ恋々と見上げる夜空。

　赤い花火に、恋々の頬が照らされる。

　時々、視線の先にある木が邪魔なのか、恋々は体を揺らして、見える位置を探すそぶり。

「……もっとこっち来なよ」

　小さな肩を抱くと、シャンプーなのか女の子っぽい甘い匂いがした。

「うん」

　ほんの少し恥ずかしそうな顔に目を向けたとき。

　スットーンと、視線が自動的に落ちた。

　開きかけた襟元から、今日も恋々のセンスが炸裂した、いかがわしい下着が見えそうになっていて……。

　なんなんだよお前。

「おい恋々。それ。着崩れてる」

「え？　……きゃっ」

　慌てて前を隠す、恋々。

　昼間は水着、夜はこれ。

　どんな修行すればこれに耐えられるわけ？

「……まじで脱がしてぇー」

　思わずこぼれた声に、「バシーン」といい音がした。

「いってーな」

　ジンジンする頬に手を当てる。

　あー、すげー怒ってんね。

　自分で直す気みたいだけど、それ、余計はだけてるから。

　つーか根本的に、着方間違ってんだよ。

　なんだよそれ、冗談はよせ。

「自分の力量を過信しすぎ。俺が直してやるよ」

　そんな危険な着方はさせらんないから。

「え」

　一瞬戸惑った恋々の正面に移って、ぐっと襟元を詰めた。

「ここはきわどいから、自分で持って」

「あ……はい」

　小さくて緊張気味にも聞こえる声。

　そうやって胸元だけはしっかりと押さえてもらっとけ
ば、まわりの目も大丈夫。

　ぎゅ、ぎゅっと直していく。

「……悪いけど、こっから引っ張んね」

「は……はい……」

　わきの下の隙間に手を通して、そこからしっかりと紐を
引き直して形を整える。

　頬を上気させて、恥ずかしそうに下唇を噛む恋々は次第

にうつむく。

　やめて、その顔。

「もう少しだから……我慢して」

「……う、うん」

　浴衣の内側から引っ張り出した紐を、帯の下の隙間でなんとか結べた。

　その間、俺の心臓がどうなっているか。

　だいたい想像してみてください。

「は……恥ずかしい……」

　両手で顔を覆う恋々。

「……黙って」

　まじで何も言うな。

　顔がバカみたいに熱いし、心臓は暴れ放題。

　花火の音も光も何もかも、目にも耳にも頭にも入らない。

「……できたよ」

　平静を装って言ったけど、俺もうそっち見られない。

「ありがと……朱里くん」

　さっきまで顔を覆っていた両手を恥ずかしそうに開いて、視線をそらす。

　俺たちの視線は、花火でもなんでもないところをうろうろして、ばちっと合っては、またうろうろ。

　──ばーん。

　頭上で大輪の花が咲いたあと。

　白い煙がのんびりと風にながされて、うすい雲から月が顔を出した。

「お月見……」

　満月を見てすぐに連想するのが月見かよ。

　どーせ頭ん中今、団子だろ。

　そんな恋々がなんとも愛しくてたまんなくて。

「……はぐれると困るから」

　人もまばらな会場の片隅で、そんなばればれの嘘をついて。

　俺は、恋々の片手を握った。

「こんなとこじゃ絶対はぐれないよ……」

　言わなくていい返しをしっかり言ってから、恋々はぎゅっと、俺の手を握り返した。

　──ふたり並んで見上げる夜空。

　月がきれいですね。

CHAPTER♡3

年上の恋々お姉さん

【恋々side】

　ピピピ……。

　目覚まし時計の音がする。

　今日から２学期だよね、わかってるよ。

　あと10分寝かせて……。

　スヌーズボタンをポチ。

　静まり返った部屋で、あたしの意識は、夢の中に引きずり込まれていく。

　

　――『あたしも弟か妹が欲しい！』。

　幼稚園児のあたしは、ママのエプロンにまとわりつきながら叫んだ。

『朱里くんがいるじゃない』

　ママはそう言ったんだ。

　朱里くんは友達だよ？

　あたしは年下の弟か妹が欲しいのに。

　納得できずにいたら、ママはあたしの目線までかがんで諭（さと）しはじめた。

『朱里くんはまだ幼稚園に入ってないでしょ？　恋々のほうがひとつ年上なのよ』

『そうなの？』

『そうよ。あ……でもそんなに弟扱いしないで。（たった３

日違いで弟にされたら朱里くんと朱里くんママなんて思われるか……)』

　何かぶつぶつ言っているママにあたしはもう1回聞く。

『じゃあ朱里くんを弟にしたい！』

『んー、ていうより、恋々がお姉さんっぽくなればいいでしょ？』

『お姉さん……』

　その響きが、なんとも輝かしく聞こえたんだ。

『うん！　恋々、お姉さんになる！』

　ピピピピピピピ……。

　ドンドンドンドン!!

　ガチャ。

「恋々、起きろ！」

　ものすごい音の連続のあと、パチッと目を開いた。

「……起きました」

　アラームよりも機械らしくそう言ってから音を止めて、起き上がる。

　そんなあたしを見て朱里くんは「夏休み中は毎日早起きしてたのに」と、呆れっぽくため息をつく。

「だって学校は面倒だもん……」

「早く支度しろよ。遅刻すんぞ」

「えっ、ほんとだ！」

　慌てて高速支度に取りかかる。

　……懐かしい夢を見たなぁ。

　"お姉さんになる"ことを決意したあの日を境にあたしは、"年上のしっかり者"を意識して朱里くんと接するようになったんだよね……。

　今日もしっかり者として、頑張ろう！

「ほら恋々、また家の鍵忘れてるよ」

「あっ、ほんとだ。ありがとー」

　助かったぁー。

　と、そんなこんなで今日から２学期です。

　夏休み中は友達と遊んだりもしたけど、ほとんど朱里くんと一緒だった。

　ずっと一緒にいるのに、全然飽きなかったって結構すごいよね。

　学校について早々「よ！　恋々！」と現れたのは、憎むべき人間失格、ふうちゃんだ。

　彼は軽々しく私の肩を叩いた。

「祭りは悪かったな！」と。

　それからふうちゃんは遠慮なしに、あたしの肩に重心をのせてきたの。

　これはチャンス。

　隙を見て一気にしゃがんでやる。

「うわ！」

　よろけたふうちゃんを薄目で睨みながら、あたしは言わせてもらうよ。

「ドタキャンする人は人間失格だから」

「そうそう俺、人間失格。でも恋々だって前に俺とのデー

トの約束、ドタキャンしなかった？」

「……はっ！」

　ハッとしすぎて、そのまんま声が出ちゃった。

「ご……ごめん。ほんとだね」

「まぁ、祭りとはわけ違うかぁー。でも美人と知り合っちゃったら、そんなの迷わず美人選ぶだろー」

「……」

　絶対に許さない。そう誓ったとき。

「悪いことしたから、恋々ちゃんにこれあげる」

　差し出されたのはペンギンのマスコット。

「こんなもので……」

　許せるものですか！

　でも。あたしとしたことが。

　愛くるしいペンギンのその表情に、目が留まってしまった。

「か……かわいい……」

　意地悪っぽく笑うこのペンギンからにじみ出る、愛嬌がたまらない……。

「な？　恋々は絶対に気に入ると思ったんだよ」

　ふうちゃんがニッと笑って、あたしの手のひらにペンギンをのせた。

「お詫びです。すんませんでした」

　ぺこっと頭を下げられたら、そんなの……。

「……許、す。ていうか、なんでこんな好みド直球なもの選べるの？」

　軽い人って経験値が違うのかな。

「"朱里くん"に似てたらいいかなって思って結構探したんだよねー」

「朱里くんに……あ。ほんとだ！　似てるー。かわいい」

　両手に座る小さなペンギンを思わず抱きしめた。

　2年生のクラスはこんな感じ。

　のほほん＆ほのぼのと時が過ぎるんだけど、朱里くんたち1年生の今日は、テスト三昧なの。

　大変だろうなって他人事みたいに思いつつ、学校が終わった。

　家でひとり、お昼ご飯を食べて、ベッドに倒れる。

　なんてぐうたら……しあわせ。

　ベッドでゴロゴロしているうちに、いつの間にか寝ていたみたい。

　リビングのベランダから見える空は、すっかり夕焼け模様だ。

「もう夕方なんだ……」

　スマホを見たら、朱里くんから【そろそろ帰る】ってメッセージが入っていた。

　……旦那さんかっ。

　夕飯の支度をしていたら、「ただいまぁ」って声が聞こえて自然と胸が弾み出す。

「おかえりー」

　制服姿の朱里くんは、なぜかキッチンにいるあたしの後

ろに立った。

「模試疲れた……」って言いながら、頭の上に顎を乗っ
けるのやめて……。

「……重たいよ」

「5教科ぶっ続けだったんだよ。ちょっとは癒やして」

　ぎゅう、っと抱きしめられて心臓がドキドキしはじめる。

　もう、たらし。

　ていうより、むしろ……。

「……甘えんぼさん」

「うるせ」

　……って、全然離してくれない。

「あの、ご飯作れないよ……」

「今日の飯、何？」

「シチュー」

「この暑さにシチュー」

「だめ？」

「じゃない。いっぱい食べたい。腹減ったぁー……」

　ずんと余計に重さが加わって、ちょっとよろけた。

「もう、朱里くん！　邪魔だってば」

　べしっと腕を払ったら、

「いったぁー。……着替えてくる」

　ふてくされたような声のあと、頬に柔らかな感触がした。

　これって、唇の……。

　今、ほっぺにちゅーしたでしょう……!?

　絶対に気のせいじゃないのに、朱里くんはなんてことな

さそうな顔して自分の部屋に入っていった。

「……もう」

　この火照った体も、ほっぺも。

　ドキドキうるさい心臓も、全部置き去り。

　……朱里くんの、バカ。

　リビングに戻ってきた朱里くんは見るからに疲れていて、ばたっとソファに倒れ込んだ。

「模試だけでそんなに疲れたの？」

「力仕事の雑用に、こき使われたんだよ」

「へぇ……だからそんなにへとへとなんだ。待ってて、大急ぎでご飯作るね！」

　さぁ、頑張るぞ！

　意気込んで米を取り出したときだった。

「あっ」

　あたしの手から、お米を入れた容器がずり落ちていくスローモーション。

　──ッ、ジャ──。

　最低な音がキッチンに響いた。

「あぁぁ……こぼしちゃったぁー！」

　お米２合分ぶちまけて、あたりはすっかり白い海。

「どうした？」

「あ……来ちゃだめ！」

　こんなの見たら余計疲れちゃう！

　そう言ったのに、朱里くんは遠慮なくキッチンを覗き込

んだ。

「うわぁ……」

　朱里くんは今、さぞ引きつった顔をしているんでしょうね。

　あたしそっち見られない。

「あの、ごめんね……。すぐ片づけてご飯作るから……」

　大急ぎでお米を集めて拾い上げる。

　早くご飯にしてあげたいのに。

　もう、なんであたしってこんなにポンコツなの。

　あぁ果てしないお米。

　絶望感がすぎて、涙が少し浮かんだとき。

「……っ、あはは」

　朱里くんが笑い出した。それも、爆笑だよ？

　あっけにとられて、浮かびかけた涙が止まった。

「豪快だな。こんなことするやつ、初めて見た」

　そう言いながらあたしの隣にしゃがみ込む。

　あたしの顔を覗き込む朱里くんは、どうしてそんなに優しく笑うの。

「なんで泣いてんの？」

「だって、お腹すかせてるのに、ごめんね……」

「そこまで腹減ってねーし」

　笑い混じりでお米を両手で寄せて集めていく。

「あの、いいよ。ここはあたしひとりでできるから」

　余計疲れさせて申し訳なさすぎるもん……。

「恋々ちゃん。一緒にやると楽しいよ？」

　まるで幼児に向けるようなわざとらしい言い方で、だけ
ど優しく朱里くんが言う。

　そういう優しさ。

　朱里くんって人は、本当にあったかい。

　家族と同じくらい大好きだよ……。

「恋々、久々に一緒にご飯つくろっか」

「え……。うん」

　うれしくてついはにかんだあたしを、肘で小突く朱里く
ん。

「恋々って、素直な性格でいいよね」

　ふっと笑う朱里くんは、年下なのに、なんか年上っぽく
見える。

　ご飯は無事楽しく作って、おいしく食べた。

　次はお風呂。

　——なんだけど。

　なぜか沸かしたお風呂が冷たいの……。

「水風呂……」

　たしかに今日は夏日だけどね。

　でもさすがに水風呂はきついと思うの。

　なんでお湯出ないの!?

　あたしは裸のまま蛇口をひねる。

　やっぱりいくら待っても水しか出ない……。

「もー、困るよー……」

　仕方なしにもう一度服を着て、脱衣場からリビングに向
かって叫んだ。

「朱里くん、大変。お湯が出ないの！」

「えぇー？」

　わかる。

　めんどくさい声を出したくなる気持ちは、わかる。

　たしかにさっきは、あんなにめんどくさそうに浴室に来た朱里くんなのに。

　お湯が出ないことを確認した朱里くんは、どこから取り出したかもわからない書類を見て、マンションの管理会社と業者に電話をしはじめた。

「あ、そうですか。わかりました。じゃあ明日点検お願いします」

　それはもう、華麗な手配。

　あたしは何もできず朱里くんをぽかーんと見上げていただけ。

　電話を終えた彼は言う。

「今日はガス使えないけど、明日にでも点検に来てくれるって」

「そっか……。ありがとう朱里くん」

　あたしひとりだったら、なす術もなく途方に暮れていたのに……。

　朱里くんって本当にすごいな。

「そしたら、お風呂どうしよう？」

「俺んちで入ろっか」

「あぁ！」

「何？」

　その考えはなかった……！
「なんて頼もしい人なの……」
「お前がポンコツなだけだから」
　こつんと優しく落ちてきた拳とか、呆れっぽい目とか。
　なんか、胸の奥がきゅんとした。

　朱里くんの家は久々で、朱里くんのパパとママとお喋り
はとっても弾んだ。
　そんな湯上がりの帰り道。
　夜空に浮かぶ星を朱里くんと見上げる。
「楽しかったー」
「よかったね」
「朱里くん、もしかしてたまにお家帰りたくなったりして
る……？」
「ねーよ」
　あっさりだなぁ。
　でもちょっとだけ、ほっとする。
「あたしと一緒に暮らしてくれて本当にありがとう」
「……別に」
　たわいもない会話が途切れかけて、なんとなく朱里くん
を見上げた。
　涼しい風が吹き渡って彼の黒髪が揺れる。
　きれー、って見とれたとき。
　鼻がむずっと……。
「……っ、くしゅ」

　もう夜は冷えるんだなぁ……。

　両肩を腕で抱きしめたとき。

「湯冷めするよ」

　そう言って朱里くんはカバンからパーカーを出すと、あたしの肩にかけてくれた。

「準備いいんだね……」

「9月の夜って冷えるじゃん」

「そっかぁ」

「何回夏を過ごせば学べるの？」

　意地悪な声。

　だけど。

「……朱里くんってしっかり者なんだね」

　お風呂のお湯の対応、あんなにあっさりとこなしちゃって、ちょっとびっくりした。

　それに今も、スマートにパーカーを渡してくれちゃってさ……。

　さりげない気配り上手っていうのかな。

「俺のことしっかり者って思ってくれるんだ」

「うん」と大きく頷いて続ける。

「もしかして、あたしよりしっかりしてるんじゃないの？」

　褒めたつもりで言ったのに。

「は……？　今さら？」

　そこにある朱里くんの表情は、なぜか愕然としたものだった。

「だって、昔はあたしがいなきゃ何もできなかったのに」

　朱里くんはしばらく絶句してから、やっとという様子で声を出す。

「……そんなのこっちはまったく思い当たらないんだけど。例えば、俺が恋々に何して貰ったわけ？」

　なんでちょっと怒っているの？

　例えば……そうだなぁ。

　今まで思い出すたび、自分の勇姿に、にやけてきた輝かしい思い出を、ここはひとつお話しししよう。

「小さいころ初めてふたりで公園に行った日、帰り道で迷ったでしょ？　結局あたしが先導して無事に帰れたんじゃーんっ」

　おっと、思った以上に得意げな声になっちゃった。

「あー、あったかも。ほかは？」

　それを朱里くんに、さっと流されて。

「ほかは……」

　16歳から記憶をさかのぼる。

　ほかには……。

「ないんだろ？」

「……う」

「その１回だけでよくそこまで自分を過大評価できるな。尊敬するわ」

　なんて口が達者なんだろう。

「……でもあたし、朱里くんの前ではいつもお姉さんらしかったでしょ？」

「そっちはそう思ってるみたいだよね」

　はぁっと呆れ笑いの朱里くんに言葉を失う。

「ま……まさか、あたしって頼りにならなかった……？」

　そんなことあるわけ……ない。

　とも、言いきれないかもしれない。

　初めての大発見に天地がひっくり返って、絶望しかけた
とき。

「……いーの。恋々は抜けてても」

　ポンと背中を叩く大きなてのひら。

「むしろ、抜けてたほうがいい」

　そう続ける朱里くん。

　見上げる先、三日月の下で朱里くんはいたずらっぽく
笑っていて。

「……俺がいなきゃ何もできない人になればいいよ」

　どうしてかわかんない。

　からかわれているだけなのに、うつむきたくなるくらい、
ドキドキした。

俺の計画と赤い糸

【朱里side】

　仕方ないから俺が面倒みてあげる。

　そう。恋々はね、抜けてていいんだよ。

　抜けていてアホっぽい恋々のことが、俺はずっと好きなの。

　それに隣にいるやつがアホなら、俺の"しっかり者"ってイメージが引き立つから、都合がいいの。

　俺の実家に風呂を借りたあとの、帰り道。

　恋々の隣で見上げる夜空と街並みは、昔とたいして変わらない。

　小さいころ、歩けばたった5分のこの道を母親と並んで、しょっちゅう恋々に会いに行っていた。

　幼少期の俺と恋々が遊ぶのは、いつも公園かどちらかの家。

　しかも、絶対に母親同伴。

　そんなころ、家でのんびりとお茶する母親たちに、『恋々とふたりで遊びに行っていい?』と聞いたあの日。

　それが、俺の人生初めての分岐点だったと思う。

　ふたりきりでの外出に、母親ふたりの返事は当たり前のように『NO』。

『おかあさんたちは家にいて。恋々と僕だけ、ふたりで遊びに行ってくる』

『だめ。保護者が一緒じゃないと危ないでしょ』

『保護者って何？』

『大人ってこと』

『大人って何歳から大人？』

『何歳……えっと、しっかりした人になってから』

『しっかりしたひと……』

　俺の隣で人形の髪をとかしながらにこにこしている恋々になんとなく目を向ける。

　——しっかりした人になれば、恋々とふたりきりで遊べるんだ。

　そう。

　俺が"しっかり者"を目指そうとしたきっかけなんて、こんなものだ。

　恋々とふたりっきりで遊びたい。ただそれだけ。

　大人の目にだけは、"しっかり者の優等生"として映ることを目指す俺はこうして生まれた。

　ちょうどそんなころ、恋々のお父さんが転職して、衝撃(しょうげき)的なことを言った。

『これから勤める会社は、ある程度出世したら海外に駐在(ちゅうざい)になる。それがまた次の出世につながるようになってる』

　どーゆー意味？

　でも、話を聞いた俺の母親が『じゃあ、いつか海外に引っ越すの!?』と衝撃を受けているのを見て、ざっくりと理解した。

『恋々、どこかに引っ越すの？』

『外国だって。飛行機乗って、ずっと遠く』

——ガラガラガッシャーン！

俺の脳天に稲妻（いなずま）でも落ちたような衝撃。

俺は大泣きした。

泣きわめきながら、恋々の父親というのは"最大の悪魔"だと脳みそに刻みつけた。

あの日『僕の恋々を連れていかないでぇ！』と恋々を抱きしめながら泣き散らかした記憶が、恋々に残ってないといいけど。

結局『まだずっと先の話だよ』と、慰（なぐさ）められたっけ。

『ずっと先って、いつ？』

『恋々が中学か高校のころじゃないかなぁ』

『そんなに先なんだ……』

本当にずっと先だと思って、ほっとしたけど。

でも、そのいつかはまだまだ来ないから〜なんてのんきには思えなかった。

俺は現実主義だから。

そんな俺たちも、あっという間に小学生。

俺は、恋々のお父さんの日曜大工を手伝いながら何度も聞いた。

『恋々が、ひとりだけ日本に残ればいいんじゃないの？』

俺がそう言うと『無理だよ』とおじさんは笑うんだ。

『恋々が、自分で料理とか家のことできるとは思えないしなぁ。それに、ひとり暮らしなんか危なくてさせられないよ。最近は悪い人だっているから』

　この野郎……絶対に俺の恋々を連れていく気だな？

　俺はいらいらしながら、にこにこと笑みを浮かべ、木の板を押さえ続けた。

　いつの間にかおじさんの手は止まっていて、その目はリビングで煌々と光るテレビに向いている。

　おい、おっさん。早くその釘打てよ？

『おじさん、どうしたの？　手が止まってるけど、疲れちゃった？』

『あぁ、ごめん。ほらテレビの柔道、すごいだろ。恋々があの柔道の選手みたいに強かったら、ひとり暮らしさせてもいいけどなーなんて。あはは』

『あはは……』

　愛想笑いしながら、考えが頭を駆け巡る。

　じゃあ恋々が料理と家事をこなせるようになって、それから、あの選手みたいに強い人になれば海外に行かなくてもいいっこと？

　でもそれって恋々には無理だよね。あいつはポンコツだから。

　もうこの段階で、俺の口元には深い笑みが浮かんでいる。

　──だったら、俺が代わりに全部できるようになるよ。

　それで、一緒に住めばいいじゃん、俺と恋々のふたりで。

　俺はのほほんと釘を打つ悪魔に目を向けて誓う。

　……絶対に恋々だけは連れていかせねーからな。

『おじさん、さっさと恋々の本棚作ろうよ。恋々たち帰ってきちゃうよ。サプライズにするんでしょ？』

『そうだな！　朱里くんいつもありがとうなぁ』

『ううん。僕は恋々とおじさんが喜んでくれるのがうれしいから……』

『……ッ、朱里くん……っ！』

　そのあとすぐに、近所の空手道場に通いはじめた。

　小学生の俺は、ほぼ毎日掃除洗濯料理、ふたり暮らしで必要な能力を身につけるために家の手伝いを繰り返した。

　俺の両親は『なんてよくできた息子なんだ』と涙を流して喜んでいた。

　万が一、恋々の行く進学先に偏差値が足りなくて入れないと困るから、勉強だって手を抜かず。

　そうやっているうちに俺は、『神童』と呼ばれるようになっていた。

　でも俺は、恋々の父親という悪魔に恋々を連れていかせるもんかって、ずっと一緒にいたいって。

　ただ、それだけだったんだけど。

　──「朱里くん。ぼーっとしてどうしたの？」。

　恋々の声にハッとして回想が途切れた。

「なんもない」

　星空の下、ふたりで同じマンションの部屋に入る。

　ここまで、俺の計画はすこぶる順調。

　だけど……。

「ただいまぁ」とドアをくぐる恋々の後ろ姿に、俺は小さく問う。

「恋々って……家族と離れて寂しくない？」

　こんなに緊張しながらした質問に「全然？」と、恋々は
あっさりと即答した。

　笑うよ。気が抜ける。……よかった。

　笑いながら、俺を信じて大事な恋々を預けてくれたバン
クーバーの両親に、めちゃくちゃの感謝を。

　俺がちゃんと恋々の面倒見ますからって、そう心に誓い
直す。

　今日も平凡な1日が終わった。

　午後9時。

　ソファに並んで、PAPA、MAMAマグに並々注がれた
カフェオレをたまに飲みながらドラマを見ている。

　CMと同時に現実に戻ってすぐ、隣にボケッと座ってい
る恋々に寄りかかった。

　柔らかな髪から香る甘い匂い。

　女子いって感じ。

「……っ、朱里くん、重いよ」

「文句に聞こえない声してんな？」

「……」

　しゅーっと蒸気でも上がりそうなくらい赤面すんの。

　とにかく、最近の恋々は、かわいすぎ。

　愛しすぎてたまんなくて、恋々の真っ赤な頬にふわっと
手を当てる。

　そうするとすぐに首を縮こめる。でも拒んではこない。

「朱里くんほっぺ好きだよね……」

「恋々の、もちもちして気持ちいいから」

「……っくすぐったいよ。もっとちゃんと触って……」

　思わず頭の中で繰り返す。

　——もっと、ちゃんと、触って？

　お前はそういうこと言うから押し倒されんだよ？

「えっ、え？　朱里くん、押さないでぇ……！」

　なんもしないよ。からかってるだけ。

「やぁ……っん」

　ね？

　俺、紳士だしね。

　そんな今、10月入ってすぐ。通学路を恋々と並んで歩いていく。

「もうすぐ文化祭だねぇ」

　今日も恋々はのほほんと空を見上げて言った。

「恋々んちのクラスは文化祭で何やんの？」

「なんと、コスプレ喫茶！」

　これはまた、わくわくに満ち溢れた声が返ってきたな。

「ベタだなぁ」

「でも、初めてだから楽しみ。朱里くんのとこは？」

「縁日」

「朱里くんとこだってベタじゃん」

「うるせ」

　コスプレ喫茶ねぇ。

　恋々が担当の時間に行こ。

　のんきに文化祭準備を繰り返すこと数日。

　文化祭も前日と迫った今日、夜9時。

　いつものように並々注がれたカフェオレ片手に、恋々とソファに並んで座っていた。

　恋々のクラスは明日、コスプレ喫茶か。

「そういえば恋々の着るコスプレってなんなの？」

「え、見る？」

　……突然楽しそうだな。

　傾けられたスマホに軽い気持ちで目を向けた。

　ブロンドの外国人モデルが着用しているそれを見て、俺の目は次第に見開かれていく。

　……マテ。なんだこれは。

「かわいいでしょ!?」

　じゃねーよ。

　でもこれって、いかにも恋々が好きそうなデザインだな。

「はぁー……」

　最悪な気分のため息を吐き出してから、俺ははっきりと言わせてもらう。

「絶対にこれはだめ」

「え!?　なんで？」

　なんでって。

　何この赤い悪魔？　何がレッドデビルだよ。

　太めの黒いリボンが締め上げる胸元は無防備だし、スカートは短いし、だいたい露出が多すぎ。

「いかがわしいんだよ」

「えー、だけど、みんなこれと似たようなデザインだよ？　アリスとか、メイドとか、色が違うだけで……」

「人は人だろ。恋々にこんなの似合うわけないから。着ぐるみでも着とけ」

「ひど……クラスのみんなはこれに賛成してくれたのに」

「あーバカ。恋々のクラスの全員の頭かち割りたい……」

「え？　なんて言った？」

「とにかく、もっとまともなの着ろよ」

　べしっとスマホを返した。

　……なんだそのとがった唇。

　不服そうな顔に問う。

「わかった？」

「……うん」

　絶対に言うこと聞けよ。

　そうは思ったものの、文化祭当日の今、本当にアレを着なかったかどうかが、気になって仕方ない。

　だから、開店したての午前10時、自分の教室を抜け出して、恋々のクラスに向かった。

　狭い廊下は、まともに歩けないほど人で溢れかえっている。

「あれ？　朱里くんじゃん」

　やっほーっとへらへら手を振っているのは、囚人服を着た"ふうちゃん"。

　こいつに聞くのはシャクだけど、仕方ないか。

「……恋々、どこにいますか？」

「恋々は今客引き中」

「……え」

　客引きって、嫌な予感しかしないんだけど。

「恋々ちゃんすごいよ〜。今日だけお色気担当で、男の客がっぽり」

　お色……。

「死んでもらえますか。恋々は？　どこ？」

「ちょ、冗談だってー！　怖いなぁ。あ、恋々だ」

　その視線を追って振り返った瞬間、呆れを通り越した。

「……あのバカ」

　着てんじゃん、デビルじゃん。

　なんなの？　なんで言うこと聞かないの。

　悪魔のとがった角がついたカチューシャをつけて、でれっでれの客を何人もはべらす宇宙一頭悪い恋々に駆け寄った。

「恋々！」

「あー朱里くん」

　ほわわーんと笑いながら、のんきに俺を見上げてるけど。

「……このバカ」

「え、えぇー!?」

　俺はこいつの腕を引いて、恋々のクラスの奥へと進んだ。

「あれ？　恋々どうしたの？」

「ひ、ヒナぁ……」

　俺は引きずり歩く足を止めて、"ヒナ"って人に「針と糸ってありますか？」と問う。

「うん……！　あるよ！　衣装のサイズ調節とかで使ったから」

　ささっと用意してくれた。

　きっと察しのいい人なんだろう。

　針と糸を受け取って、会釈《えしゃく》してからまた恋々を引きずる。

「ヒナっ！　助けて！」

「Have a good time〜♪」

　ヒナさんは、にこやかに恋々を見捨て、手を振っている。

「ヒナひどい！　薄情者《はくじょうもの》一っ！」

　ざまあ。

　誰もいない空き教室に入った。

「何、どうしたの、朱里くん……」

　怯《おび》えるような声を出すのは、俺がガチで怒っているからだろうね。

「なんでお前、そんな服着てんの？」

「なんでって、さっきクラス見たでしょ？　みんな似たようなの着てるの」

「こんなのを？」

　胸元のリボンに手をかけると、あっさりとほどけた。

「……っ、や」

　慌てて身を縮めて隠す恋々、バカじゃないの？

「こんな姿、誰かに見られていいの？」

「それは……」

「……俺は、絶対に嫌」

　強く訴える俺の視線に、恋々の瞳が揺れる。

　ぎりっと奥歯を噛みしめた。

　見せ物みたいに恋々を歩かせたやつとか、『お色気担当』とか言いやがったふうちゃんとか、まじで殺したいんだけど。

　ていうか、そういう目で恋々を見たやつ全員ひねりつぶしたい。

　ほどけた黒色のリボン、挑発的な赤いその服。

　──悪魔の極みだよね。

　怒りと一緒にかき立てられるのは、恋々が欲しいって思う強い衝動。

　いつの間にか恋々の背中を壁に押しつけていた。

「……っ」

　見開かれた恋々の目は怯えてる。

　わかってる。

　でも我慢が追いつかない。

　自分の下唇をぐっと噛んで、噛んで。

　溢れそうになる感情を押し殺す。

「……そんな恋々、誰にも見せないで」

　白くて細い首に噛みつくようにキスマークを刻みつけた。

「っ、朱里く……ん」

　ごく、と恋々の喉が動く。

　唇を離して、何度も何度も触れるようにキスを落として。

　そのたびに小さく震える恋々の体。

　唇を離すと、恋々は熱っぽい吐息を吐いた。

　そんなとろけそうな顔……俺以外には絶対に見せないで。

　心をかき乱すような独占欲が沸いて止まらない。

　顔と、服と。

　今どんだけあられもない姿にされているのか、わかってんの？

「……バカ。少しは拒めよ」

　そのくらいの余地あっただろ。

「……」

　恋々は何も言えなくなったみたいに、真っ赤な顔してうつむいた。

「顔上げて。その趣味の悪い服、縫ってやるよ」

　貰った縫い針に赤い糸を通しながら言うと、

「……え、ぬ、縫うって？」

　案の定、恋々は戸惑っているけど知らない。

　テロっと光沢のある布地をきちんと合わせる。

「危ないから動かないで」

「……はい」

　何素直に従ってんだか。

　リボンがほどけただけで、まるで引き裂かれたみたいに開いた胸元。

　こんなもん、色気ゼロに縫い合わせてやるよ。

「……っ」

　一針一針、赤い糸で縫いつける。

　規則的に脈打っていたはずの心臓が、気づけば弾けるように飛び跳ねている。

　頬を上気させる恋々は、俺を一度見上げて、目を合わせると、すぐにそらして。

「朱里くん、まだ……？」

　急かすな。

　こっちだって必死だから。

　いつの間にか震えていた針を持ち直して、玉止めをして。

「あ……ハサミ忘れた」

「……えっ」

　俺が距離を詰めると、恋々はぎゅっと目を閉じて顔を背ける。

　恋々が息をのんだのがわかった。

　なんなの、その余裕が1ミリも見当たらない顔。

　今は、そういうのいらない……。

　赤い糸を犬歯で噛みしめる。

　——プチン。

　噛み切った糸の音と同時に、目を開く恋々の真っ赤な顔。

「……できた。あとはそのリボン、自分で結んで」

　そう言いながら離れると、恋々はへなへなとその場にしゃがみ込んだ。

　縫いつけられた安全な服に手を添えて、

「……ありがとう」

　って、俺を見る上目づかい。

　……ほんとバカ。
「ねぇ、恋々」
　俺は恋々の前にしゃがみ込んだ。
「首、隠すなよ」
「首？」
　何きょとんとしてんの。
　忘れてんのかな？
「そのキスマークにせいぜい守られてなよ」
　変な客よりつかせないで。
「キッ、そうだった……もう、なんてことするの……！」
　慌てて首をこすりながら文句言ってるけど、もう遅いよ。
「そんなんで消えるわけないじゃん」
　恋々は俺のもんって、決めてんの。
「今から男はべらすの禁止ね」
「でも勧誘が……」
「男は危ないからだめ」
「危ないわけないじゃん！　文化祭だよ？」
　ほんと、言うこと聞かねぇな。
　……じゃあ正直に言うね。
「恋々が色目で見られるのは、俺が嫌だからやめてって言ってんの」
「嫌って、何そのわがまま……。仕事だよ？」
「仕事と俺と、どっちが大事なの？」
「またそんなこと言って……。えと……その……。朱里くんが、大事……だよ」

　本気で困った顔すんな。

　噴き出しそうになるの、こらえんの必死だからな。

　一気に気が抜けんだよ。

「じゃあ俺と一緒にサボろ？」

「えっ」

「何して遊ぼっか」

　ちゅっと、頬にキスした瞬間だった。

　——バチーン。

　それはとてもいい音で。

　立ち上がった恋々は、真っ赤な困り顔で叫んだ。

「朱里くんのっ！　変態ドキドキ大魔神ー!!」

　もつれる足で走り出した恋々は、一度転んでから教室を出ていった。

　いつもの３倍痛い頬。

　かつてないほどの動揺が伝わってきて笑える。

「いってぇな……」

　つーか、さっきのネーミングセンスどーなの。

　でも。

　今日１日くらいは、恋々の頭の中にいられる気がする。

　——俺の計画と赤い糸。

　ほどけると悪いからしっかり結んどくね。

眠れない夜と君の気持ち

【恋々side】

　……昨日の文化祭で、楽しい思い出はたしかにたくさんできたはずなのに。

　頭の中、朱里くんで埋め尽くされて1日が終わった。

　ていうより、一夜が明けた今もずうっと頭から離れないの……。

　ベッドから起き上がった頭が重い。

「……眠い」

　深刻な寝不足だよ……。

　とりあえず、リビングでボーッとしてみる。

「恋々おはよー」

　いつもとなんの変化もなく、あくびしながら登場した朱里くんに、思いっきりドキッとした。

「……おは、おはよ。……あ！　お弁当当番だったの忘れてた……！」

　朱里くんを見て思い出した！

「へぇ。まぁそれはいいんだけど。何、寝不足なの？」

　あたしは、いつの間にか背の高い朱里くんの影の中。

　彼の親指があたしの涙袋に触れた。

「クマすげー。なんで寝れなかったの？」

　──にや。

　まるであたしが眠れなかった理由を見透かしていそうな

その顔はなんなの……？

「おーい、聞いてますかー」

　っ、ていうかね、近いの！

　真っ赤になっているだろうあたしを、鼻で笑う朱里くん。

　あたしはジンジンするほど熱いほっぺを、両手で覆い隠した。

「昨日の夜も、お前の態度すげー変だったもんな？」

　朱里くんの楽しそうな笑みに、悔しいほど何も返せない。

　だって、首にキスする朱里くんとか、ちくちく縫ってる朱里くんとか。

　全部全部よみがえってくるんだもん。

　全部朱里くんのせいなんだって、弁解したくなる口をぎゅっと閉じて。

　さまよい続けていたあたしの視線は、朱里くんにピントを合わせる。

　"なんでもお見通し"のような目が、再度答えを求めてきた。

「教えてよ。恋々は何に頭いっぱいで眠れなかったの？」

「そ、それは……」

　朱里くんのせい、なんて本当のこと言えるわけないよ。

　だから、言い訳を頭の中でフル回転。

「……ヒナに借りた漫画がすっごく面白かったの」

　たしかに１冊読んだのは本当だし、ここは明るく大嘘をつこう！

「とんでもなく面白いの！　朱里くんも読みたかったら、

来週まで借りてるから読んでみて！」
　しーん。
　……あ、あれ？
　朱里くんの目は真ん丸だし、唖然としてない……？
「え……漫画？　漫画のせいで眠れなかったの？」
　ため息混じりにこぼれた彼の声は、なんだかとっても小
さかった。
「朱里くんも漫画好きでしょ？　読む？」
「いらねーよ」
　イカが墨を吐くように。
　ど真っ黒のオーラが朱里くんを包み込む。
　これはいわゆる不機嫌モード。
　なんで!?
「……顔洗ってくる」
「あ、はい……」

「はぁ……」
　お昼休み。
　大好きなメロンパンが喉を通らない。
　出るのは、ため息ばかり。
「恋々ったら、重症だねっ」
　教室でふたつくっつけた机。
　向かいに座るヒナが、うふふっと笑った。
　それに続けて、ふうちゃんがからかうように言う。
「まだ朱里くんで頭いっぱいなのかよ？」

「……う」

「でも仕方ないよぉ。朱里くんって恋々への独占欲はんぱじゃないもん。あんなに強く好きって思われてたらドキドキもするよ」

　……好き？

　ヒナの言葉の一部に引っかかった。

「好きっていうのは……ちょっと違うと思うよ」

「えぇー？　なんでそう思うの？」

　ヒナが信じられないものを見る目で問う。

「だって……もちろんあたしのこと好きでいてくれてると思うけど、それは家族愛みたいな意味だもん」

　あたしも、そうだし。

「すげーなぁ。恋々は、家族にキスマークつけるわけ？」

「え!?」

　ふうちゃん……何その気持ち悪い発言！

「朱里くんの大胆でわかりやすい愛情表現が"家族向け"なわけねーだろって言ってんの」

　ふうちゃんは呆れたように笑いながら「池田もそう思うよな？」と池田くんに目を向けると、迷いなく彼も頷いた。

「うん。本気で好きじゃない子にキスマークつけたとすれば、俺には意味わかんない」

「ていうか……前から思ってたんだけどキスマークってなんのためにつけるの？」

　心なしか、顔を赤らめたヒナが彼氏である池田くんに問う。

　ひゃあ、なんかあたしが照れちゃう……。

　両頬に手を当てて、池田くんの答えを待つ。

「……それは、なんだろ。"こいつは俺のもの"とか……。ほかの男への牽制とか。あとは愛情表現とか……」

　わわわ。そんなことを想いながら、池田くんは……。

　やだもう、ヒナが真っ赤すぎて直視できないよ……！

「あとは勢いとか？　その場の雰囲気にのまれてとか？　なんとなくーってのが多くね？」

「ふうちゃんだけは最低」

　一気に冷めたよ。

「でもそんな俺でも、好きな子以外につけたことねーよ」

　ふうちゃんが隣に座るあたしを肘で小突いた。

「朱里くんは、360度どこから見ても恋々に惚れてるよ」

　──あたしを、好き。LOVEで、好き。

　頭から煙が出る。

　でも朱里くんは、昔からあたしをからかうのが趣味だったし、独占欲に見えるのもその延長に思えたけど。

　朱里くんって、そういえば前に『好きな人がいる』って言ったけど……まさか、その相手が。

　──360度どこから見ても恋々に惚れてるよ。

　そんなことを恋愛の先輩3人に言われたら、もしかしてそうなんじゃないかって考えちゃう。

　そう、あたしの自意識は最高潮。

　玄関に入るのに、こんなに緊張したことってないよ。

「ただいま……」

　リビングに入れば、「おかえりー」といつもとなんら変わらない様子の朱里くん。

　一方、あたしときたら、バックンバックンと心臓が強く脈を打って苦しいくらい……。

「あの、朱里くん……」

「何？」

　……もしかしてなんだけど、朱里くんってあたしのこと、LOVEで好き？

　って、聞けるわけないよ！

「うわ最悪。ドラマの再放送、特番で潰れてんだけど」

　番組表を見ている朱里くんのがっかりした声に同調する。

「朱里くん楽しみにしてたもんね」

「だって恋々が好きだから」

　——だって恋々が好きだから。

　ドッギィッと心臓が跳ね上がった。

　いや、違う。

　今のは"だって恋々が『あのドラマ』好きだから"って意味だから！

　……きゅんです。

　それはそれで、胸が苦しくてうれしい。

　胸の中で弾ける新感覚。

　何これ。

「今日、俺ほんとツイてないわ」

　そう言いながら、ソファの片隅にポイッとテレビのリモ

コンを放り投げた。

「何か嫌なことでもあったの？」

「嫌っつうか、日直だったし、授業はしょっちゅう当てられるし、ドラマ潰れるし……あぁそうだ。コロッケパン」

「……コロッケパン」

「うまいっていう噂だから購買に買いに行ったら、ラスイチを目の前で取られた」

「それは悔しかったね……」

　よしよし、と隣に座る朱里くんの頭を撫でる。

　柔らかな黒髪が指に通って……

「……って！」

　何やってるのあたし！

　思いっきり手を引っ込めるなんて過剰反応。

「……ごめん、子どもみたいなことしちゃった」

「いつもじゃん。いきなり謝られても」

　……チクタクチクタク。

　消えたテレビのせいで、静まった部屋に時計の音だけが響いて。

　ひぃぃー……。

　ドキドキしすぎて、わけわかんなくなりそう……。

　そういうわけで、あたしは自分の部屋に逃げ込んだ。

　宿題でもしよう。

　そう思ったけど、いつの間にか握っているのはスマホ。

　コロッケ作り方で検索中。

　がっかりしていた朱里くんを見たら、作ってあげたく

なったから。

「なんだぁ。コロッケって簡単じゃん」

　そう言いきった１時間前のあたしの頬を、強くビンタしたい気持ち。

　──バチバチバチ……ッ。

　油を張ったフライパンから尋常（じんじょう）じゃない音がする！

「……っひ！　コロッケ割れたぁ！　なんか出てきたぁ！」

「何を騒（さわ）いでんの？」

　キッチンに、ひょいっと顔を出した朱里くん。

　慌てて揚げたての爆発コロッケを隠したんだけど、遅かった。

「え、今日コロッケ？」

「う、うん……いちおう」

　こんなのを見て、よくコロッケってわかったね!?

「見た目こんなになっちゃってごめんね……」

「てか、なんでコロッケ作ったの？　普段恋々って揚げ物そんなにしないじゃん」

「だって朱里くん、お昼、コロッケパン食べられなくて悲しかったんでしょ？」

「……そうだけど」

　ごほん、と咳払いして朱里くんは続ける。

「じゃあ俺のために、そんなに一生懸命コロッケ作ってくれたの？」

　ＩＨコンロのスイッチを停止させて、朱里くんはあたしを静かに見おろす。

　その目は息をのむほど優しくて……だけど、呆れっぽくて。

「……そんなかわいいことしてさぁ」

　朱里くんの手は、優しくあたしの頬を包むと

「例えば。例えばね？」

　赤い唇が、あたしに念を押す。

「……何？」

　唾を飲み込むあたしに、朱里くんはにやり、口角を上げて言ったんだ。

「そんなかわいいことして、例えば俺が恋々を好きになっちゃったら。そのときはお前どーすんの？」

　何……それ。

　まるで、ありえない話を仮定するみたいな口ぶり。

　朱里くんの唇は、意地悪に弧を描いた、いつもどおりの"からかい"の顔で……。

　なんだ……朱里くん、あたしのこと好きなわけじゃないじゃん。

　むしろ、そんなことは絶対にありえないんだって前提で話してるよね？

「……」

　声、出ない。

　でも今すごく泣きそうだから、笑わなきゃって思って口角上げてみたんだけど。

　うまくできなくて、うつむいて下唇を強く噛んだ。

「恋々？」

いつもの調子で顔覗き込もうとするんでしょ。

　……いつもと変わんない朱里くんが、こんなに嫌だ。

　──バシ。

　着ていたエプロンを押しつけて、あたしは自分の部屋に飛び込んだ。

　──360度どこから見ても恋々に惚れてるよ。

　なんで朱里くんを知ったばかりの3人の言葉を信じて、舞い上がっちゃったんだろう。

　朱里くんと16年も一緒にいるあたしが"家族愛"って感じるなら、そっちが正解に決まっているのに。

　部屋のドアに背中をくっつけたまま、座り込んだ。

　……朱里くんの好きな人、あたしじゃなかった。

　膝をかかえる手の甲に、涙がこぼれていく。

　……なんでこんなに泣いているんだろう。

「……あれ？　あれ……？」

　ぬぐってもぬぐっても、全然止まんないじゃん……。

　胸の奥がこんなに痛くて苦しいのは、こんなにがっかりしてるのは……。

　もしかして。あたしが。

　家族愛ではないほうの意味で……。

「……朱里くんのことを、好きだから……？」

　膝をかかえていた手に、ぎゅっと力がこもる。

　──ドキドキドキドキ。

　心臓が一気に速くなっていく。

　あまりの衝撃、青天のへきれき。

「……好き？　あたしが、朱里くんを……」

　びっくりしすぎると涙って止まるんだ……。

　いや、でも……。

「えぇぇ……？」

　家族愛とは違うＬＯＶＥの好き……？

　考えようとすればするほど、頭の中に霧が立ち込める。

　真っ白の頭をかかえて、電池切れになったあたしの背中に、トントンと振動が伝わった。

「……恋々」

　ドア越しで聞こえる、くぐもった朱里くんの声。

「俺が恋々のことそういう目で見てるかもってのが嫌で怒ってんの？」

「……え？」

　怒ってないし、嫌なわけないし……全部違う。

　でもなんて言えばいいの。

　あたしは、朱里くんに好きになってほしいだけ。

　そうじゃないから拗ねてるの。

　って、そんなこと言えるわけないよ……！

　頭をかかえていたら、朱里くんの笑い混じりの声がやけに切なく聞こえてきたの。

「ねぇ、さっき俺が言ったこと……そんな本気にしないで。落ち込むから」

　──コン。

　ドアをひとつ叩かれた。

　あたしもひとつ、叩き返す。

「……本気で言ってよ、朱里くんのバカ」

　弱弱しい声はあたしの口の中で消えた。

「コロッケ作ったから、部屋出てきてよ」

　寂しそうな声に聞こえて、あたしはすぐにドアを開けた。

　するとそこには、ほっとしたように笑う朱里くんが立っていて。

「仲直りしよ」

　朱里くんはとても切なそうに笑った。

　リビングに戻ると、テーブルにはごちそうが並んでいた。

　つけ合わせも作られて、お皿にもりつけられたコロッケ。

　きつね色に揚げられたまん丸の形は、おしゃれなカフェの一品みたい。

「朱里くん……上手すぎるよ」

　いただきます。

　ふたりで手を合わせてから口に入れると、あまりのおいしさに言葉もでないほど悶絶した。

　外は音が鳴るほどさっくさくで中はトロトロなんだもん。

　感嘆のため息をつきながら、お向かいのお皿に目を移すと。

「えっ、朱里くんのお皿が……！」

　大変なことになっている！

　あたしが作った焦げ茶色の破裂コロッケが、全部朱里くんのお皿に乗ってるの。

「だめだよこんなの……あたしが責任持って失敗のほう食

べるから！」

「いい。普通にうまいから」

　あたしからお皿を遠ざける朱里くんの表情にいたずらっぽいものはなくて。

　どこからどう見ても、元気がない。

　どうしたのか聞こうとしたんだけど、同時に朱里くんがあたしに聞いたの。

「……そっちのは？　おいしい？」

　おいしいよ。

　途中で料理を投げ出したのに、文句ひとつ言わないで、仲直りしようって朱里くんが作ってくれたコロッケなんだから。

　朱里くんのあったかさが、もっともっと、余計においしくさせるんだよ。

　そんな朱里くんのことが、あたし……。

「……好きすぎて止まらなくなりそう」

　そう言った瞬間、朱里くんは驚いた顔して身を乗り出すんだもん。

　思わず構えちゃったよ。

「そんなにうまいの？　俺これ、途中からしか作ってないし、レシピ教えて」

「なんでメモろうとしてるの!?」

　きょとんとした顔で朱里くんは答えた。

「だって恋々がそんなに好きなら、また作ってやりたいって思うだろ」

　　──ズッキューン。
　　……思わず胸を押さえた。
　　はぁ、もう朱里くんって人は……。
「……バカ」
「なんでだよ」

　　──せめて俺のこと恋愛対象に入れてくんない？
　　朱里くんのそんな気持ちに気づかない、あたしだった。

初めての遠距離恋愛

【恋々side】

「ねぇ恋々、まじで行くの？」

「……うん」

「よく考えた結果なんだよな」

「……うん」

「……そっか」

　夜逃げ前の会話みたいなことを、今日は何度もしている。

　なぜなら明日から2泊3日で、あたしは修学旅行に行くから。

　昨日までは、すっごく楽しみだったんだよ？

　パイナップルいっぱい食べようとか、海きれいかなとか、何着ていこうとか考えて、わっくわくだったのに。

『2日も会えないのかぁ……』

　朱里くんが何げなく放ったこの一言のせいで、一気に寂しくなっちゃって。

『行きたくないな……』

　なんて沸きたての本音を言ってしまって。

『サボれば？』

　そんなこと言われては、夜逃げの腹をくくるような会話を繰り返しているというわけ。

「朱里くんはあたしがいない間、実家に戻る？」

「なんでだよ。いちいち戻んねーよ」

「でもひとりでいるの寂しいなら家族といたほうが……」

「別に俺ひとりは好きなの。でも寂しい。さて、どうして
でしょうか？」

　ローテーブルに片肘をついて、あたしに挑戦の笑みを向
けている。

「えーっと、あたしがいなくて寂しいの？」

「……え？　すげぇ。成長したじゃん」

「正解？」

「せーかい。家族より、家族んなってほしいもん」

　……家族に、ねぇ。

　見てよ。朱里くんがあたしに求めるのはこんなに家族愛
なんだよ……。

　あたしは、恋人のほうの"好き"なのにな。

　うう……朱里くんと離れるのなんだかすっごく寂しい
よ。

「まぁ、楽しんでこいよ。お土産よろしくね」

　にっと笑って、ポンポンと頭を撫でる朱里くんの手。

　じわじわと熱が広がっていくような感覚。たまらなく
なって、テーブルに突っ伏した。

「……どうした？　なんで潰れてんの？」

　どうせ、にやにや笑ってるんでしょ。

　それであたしが真っ赤だと、いつもみたいにバカにする
んでしょ。

「荷造りがめんどくさくて潰れたの……」

「荷造りね。あ……そうだ。身に着けるものだけはヒナさ

んとか女友達にちゃんと相談しろよ」

「身に……？」

　むくりと顔を上げると、やけに真剣な顔の朱里くんがいた。

「悪趣味の際立つ服……とくにそのほか衣類。絶対にほかの人の意見聞いてから決めろ」

　……そこまで言う!?

「センスなくて悪かったですねぇ……」

　朱里くんは、おしゃれだからって……！

　そうだ。

「じゃあ朱里くんが選んでくれないかな？」

　それが一番早いに決まってるもん。

「……っ、え？」

「おねがい。……だめ？」

「うわ……。ずっる」

　荷造りは朱里くんのおかげで手際よくすんだ。

　服もかわいく選んでくれた。

　あとは下着と、それから。

「……だから、こういうのやめろって言ってんだよ！」

　顔を赤らめた朱里くんが、あたしのお気に入りの下着を壁に投げつけた。

「なんてことするの!?」

「普通の持ってねーのかよ！」

「あるけど……テンションが……」

　下がる。

ていうか普通ってなんだろう。

こういうの？

こういう、なんの面白みもない下着のこと？

「こっちとこっち、どっちがいいかな」

「……見せなくていい。とにかく普通のを持っていけ。おやすみ」

　──バタンッとドアが乱暴に閉じられた。

　……途中で投げ出すなんてひどすぎる。

　そして翌日、修学旅行へと旅立つときが来た。

　きっと涙の別れになると思ったのに、朱里くんっていう人は。

「充電器<ruby>充電器<rt>じゅうでんき</rt></ruby>ちゃんと入れた？」

「……うん」

「はい、じゃあ気をつけてね」

　頭ポンポン。

　ばいばーいって……あっさりすぎない!?

　でも朱里くんがそうしてくれたから、あたしの寂しさも減ったのかもしれない。

　飛行機でうとうとしていたらあっさりついた沖縄県。

　夏みたいにあったかくて幸せ……！

　沖縄の空気にテンションを持っていかれてそこらじゅうの生徒が大はしゃぎしている。

　あたしも、班員のヒナと天真爛漫<ruby>天真爛漫<rt>てんしんらんまん</rt></ruby>女子のモモちゃんと3人で記念撮影<ruby>撮影<rt>さつえい</rt></ruby>にピース。

「もっかいとろー！」

「うん」

　３人で角度をきめていたら。

「ほら、いけよっ！」

「押すな！　うわっ」

　カメラを構えたあたしたちの目の前に、押されたらしい男子生徒が派手に転んだ。

「だ、大丈夫？」

　思わず手を差し伸べそうになったとき、気まずそうに男子は立ち上がって。

「あ……すみません。まじで押すなよ！」

「優紀、チャンス！」

　うちの学校の、ほかのクラスの男子たちだと思う。

　男子たちは優紀くんと呼ばれる転んだ生徒をにやにやしながら小突いていて。

　……なんか楽しそうだなぁ。

「……小学生がいるね」

　はしゃぐ男子を見るヒナとモモちゃんの目がひどく冷たい。

「あたしはわかるけどなぁ……」

　転ぶほどはしゃぎたくなる気持ち。

　あたしも本当は空でも飛びたいくらいテンション上がってるの、抑えるの必死なんだよ。誰もしないから。

「優紀くん、勇気だせよっ」

「うるせぇまじで余計なことすんな！」

　男子たちの仲よさそうに歩いていく後ろ姿になんとなく目を向けると、転んだ男子の肘から血が出ているのが見えた。

　そういえば、荷造りのときに朱里くんが『ドジ必需品』<ruby>必需品<rt>ひつじゅひん</rt></ruby>とか嫌味を言いながら、救急セットをカバンに入れてくれたような。

　……やっぱり入ってる。

　救急セットを片手に、男子たちを追いかけた。

「あの、<ruby>絆創膏<rt>ばんそうこう</rt></ruby>いる？」

　近づいて声をかけてみると、男子が<ruby>一斉<rt>いっせい</rt></ruby>に振り返ったから、思わず一歩下がってしまった。

　ひぇっ。

「絆創膏？」

　って、思いっきりきょとんとされちゃった！

　あたし変なこと言っちゃった、みたいだね……。

「あの……。肘をケガしてるから、絆創膏いるかなって思ったの……」

　余計なお世話だったかな……。

　っ、お願い何か言って、恥ずかしいから！

「……ありがとう」

　よかった、とりあえず受け取ってもらえた。

　安心しながら顔を上げてみると、男子は片手で口元を隠すみたいにして視線をそらしていて……。

「え……」

　なんでこの人、こんなに赤くなってるの？

　しんっとふたりの間に静寂（せいじゃく）が生まれたとき、後ろから男子の茶化（ちゃか）す声がいくつか聞こえてきた。

「ぷは！　優紀、真っ赤じゃん！」

「ごめんねー。笑わないでやって！」

　って言いながら男子みんな爆笑してるじゃん！

「うるっせぇよ！」

　優紀くんというらしい男子に本当に申し訳なくなってきた。

　だってあたしが余計なことしたせいで、いじられ放題なんだもん。

　──逃げよう。

「あの……本当にごめんね！」

　ぺこっと優紀くんに頭を下げて、そそくさと女子の輪に戻った。

　戻って早々、ヒナとモモちゃんに両腕を掴まえられて。

「何喋ったの!?」とヒナ。

「え？　ううん。とくに何も」

　困惑しながら答えると、モモちゃんがうれしそうに表情を輝かせる。

「恋々、でかした。今の男子たちけっこうイケメンだったし、次につなげてこう」

　次につなげるってどういう意味だろう？

　……ていうか。

「イケメンだったの？」

「えぇー……！　恋々の感性大丈夫？」

　飛び上がりそうなモモちゃんに、同じく班員のヒナが「ノンノン」と首を横に振った。

「恋々はイケメン幼なじみがそばにいるから、イケメンっていう判断基準が狂ってるんだよ」

「イケメン幼なじみぃ!?　何それ詳しく教えて！」

　さっきからモモちゃんの勢いがすごい……。

　朱里くんの特徴なんかをみんなに説明していたら、なんだかまた寂しくなってきたな。

　……朱里くんが恋しいよ。

　スマホを取り出して、朱里くんにメッセージを送信。

【ひとり暮らし大丈夫？　朱里くんは寂しくない？】

　きっと寂しがっているだろうなって思ったのに。

【今学校だし、まだ半日もたってないんだけど】

　……くっ。

　でも、言われてみればそっか。

　たった半日離れただけであたしはこんなに寂しいのにな。

　そう思っていたら、続けてメッセージが届いた。

【寂しくなっちゃった？】

　どーせにやっと笑っているんでしょうね。

　朱里くんはあたしのことなんかお見通しなんだもん。

　素直に【寂しい】というスタンプを送信したとき「ほら早くバスに乗りなさーい！」と先生の大きな手招きに気づいて、慌ててバスに乗り込んだ。

　１日目を終えて、あとは部屋で自由時間。

　ヒナとモモちゃんとのんちゃんという女子４人部屋で
まったりしてる。
　修学旅行は夜が一番楽しいなって思う。
「この袋切れないー！　ねぇ誰かハサミ持ってない!?」
「あたしあるよ！」
「さんきゅー、恋々」
　持っててよかったぁー。
「最悪、爪が割れたんだけど」
　爪……。ガサゴソとポーチを漁（あさ）ってみると、
「……！　爪切りあった。絆創膏もあるよー！」
　じゃーんと掲（かか）げてから手渡した。
　調子にはのってる。
　修学旅行はテンションをおかしくさせるからね。
「……今日の恋々どうしたの？」
「え？」
「何かと準備よすぎない？」
　そう言われてみればたしかに今日１日、珍しく人の役に
立っている気がする。
「……朱里くんが荷造り手伝ってくれたおかげかも」
　かも、じゃない。絶対そう。
　本当にしっかり者だよね、朱里くん。
「さっき言ってた幼なじみのことだよね？　なんで荷造り
まで……？」
「ん？」
「夏休み、ほぼ一緒にいたみたいにさっき言ってたけど」

「え？」

　ヒナとモモちゃんが次々にそう言って、あたしにずいっと詰め寄った。

　ひぇ！

「「……まさか朱里くんと、一緒に住んでたりする？」」

　どっきーんと心臓が跳ね上がって、冷や汗が出てくる。

　ぎこちなく息を吸って、吐いて目を泳がせながら「どうかなぁ……」なんて言ってしまったあたしのバカ！

「一緒になんか住んでないよ……」

　動揺の隠せない声。

　嘘ってことがまるわかりで、もちろん誰も信じてくれなかった。

「恋々まさか、同棲してるの？」

「違うの！　同棲じゃなくて同居！」

「一緒じゃん！」

「ナイショにしてー！」

　床に沈み込む勢いで頭を下げた。

「わかってるって！」

　ここからはガールズトーク。

　今まではこういう話は聞くだけだったけど、今は好きな人がいるからすっごく楽しい……っ。

「幼なじみの彼の写真、見せてよ〜」

　モモちゃんに、にっこり言われてしまった。

「えっと……あ。そうだ。スマホの裏に貼ってあるよ」

　くるっとスマホを見せると、近づいて見入るモモちゃん

とヒナ、そしてのんちゃん。

「あぁ！　この人知ってる！　部活の後輩が『１年に超イケメンがいる』ってよく言ってたの！」

　モモちゃんがズバッと指をさした。

「へぇ……そうなの？」

　朱里くんってやっぱりモテるんだ……。

　いや、知ってるけど。

　ずううううん……。

「それにしても恋々、この貼り方ってふうちゃんにひどくない？」

　ああ、それね。

　プリントシールの中のふうちゃんの顔が、朱里くんの写真の下敷きになっちゃってるんだよね。

　でもモモちゃん、あたしを責めないで。

「これ貼ったの朱里くんだから」

「へぇ？　そうなの？」

「うん。あたしも完成したスマホ見たときは、ちょっと雑だなって思ったんだ」

「ちょっとではないね。だいぶ雑だよ」

「うん……だけど朱里くんが頑張って貼ってくれたものだから文句なんか言えないし、そのままなんだぁ」

　そう言ってスマホを返してもらうと、女子全員が目を合わせあっていて。

　その目配せは何？

「恋々さ、これ……朱里くんがわざとふうちゃんを潰した

とかって考えはないの？」

　モモちゃんがうかがうように言うと、みんな似たように頷きながらあたしを見る。

「わざとって……朱里くんはたしかに意地悪だけど、そういういじめみたいなことはしないよ！」

　絶対しないよ！

「どうどう。怒らないで！　そうじゃなくてぇー」

　モモちゃんが何か言いかけたとき。

「こらぁ！　消灯時間はとっくにすぎてるわよ！」

　いつの間にか部屋に侵入していたらしい、見回りの先生に突然怒鳴られて布団に飛び込んだ。

　真っ暗になった部屋。

　先生がいなくなってから、くすくす笑い出したヒナのせいで笑いの連鎖が一周して。

「明日は男子の部屋いかない？」

「かんがえとく！」

　そんな声が飛び交っているのを聞きながら目を閉じる。

「おやすみぃー」

　はぁー、楽しかったなぁ。

　寝息が聞こえはじめた真っ暗な部屋。

　寝る前に布団の中でスマホを確認したら、メッセージが入っていた。

　朱里くんからだ……！

　そうだ！　あたし、【寂しい】って送ったままにしてたんだっけ。

【そんな寂しいなら夜電話する？】

　……やばい！

　寂しいとか言っといて、あたし、すっごい楽しんでた！

【明日電話するね！　おやすみ】

　そう送ったらすぐに既読がついて。

【楽しんでください】

　脱力して倒れたパンダのスタンプが続けて送られてきた。

　修学旅行も２日目の夜になった。

　それは夕食後、班のみんなでお喋りしながら部屋に戻る途中のことだった。

「あの……棚池恋々さん！」

　後ろから聞こえた男子の声に振り返る。

　そこに立っていたのは、１日目に絆創膏をあげた例の男子だ。

「はい……？」

「話があるんだけどちょっといいかな？」

　ヒナとモモちゃんとのんちゃんの「ひゃぁー」っという声がフロアに響いた。

　──ザザン……。

　ちょっといいかって言われてついていってみれば、その先は夜の砂浜だった。

　ほかの生徒もぽつぽつといるようだけど、お昼に見たきれいなブルーはどこにもなくて……真っ黒の海はけっこう

怖い。

　ホテルからの光だけを頼りに、優紀くんと並んで砂浜を歩いている。

　スニーカーの中……砂だらけだな。

「俺ね……棚池さんと去年の夏休み補習が一緒だったんだけど覚えてない？」

「……え？」

　大急ぎで記憶を巻き戻してみるけど、どうしても思い出せない。

　あのときのあたしは本当に進級が危うくて、まわりなんて気にする余裕がなかったの……。

「ごめん、わからなかった……」

「そうだよね……はは」

　どうしよう……。

　気まずい空気が一気にこの辺一帯を包んでいく。

　そのとき、波の音に混ざってポケットの中でスマホが震えた。

　朱里くんかも……！って思った瞬間、心拍数が上がる。

　いや、違うかもだけど。

　……はぁ、朱里くんに会いたい。

「あの……用事って何？」

　急かすみたいで申し訳ないけど、早く朱里くんに電話したくてたまんなくなっちゃった……。

「俺、棚池さんのこと、前からほわわーんとしてかわいいなって思ってて……その。好きです……」

　……なんて言った？

　好きって言われなかった？

　「え」と思わず硬直<ruby>硬直<rt>こうちょく</rt></ruby>……。

「それで、俺と付き合ってほしいんだけど……」

　――ザザン……。

　波音がやけに大きく聞こえた。

　これは、間違いなく……人生初めての告白。

　なのに、まだポケットの中で震えるスマホに気がいっているなんて。

「ごめん、いきなりで困るよね。棚池さんがよければお試しみたいな感じでもいいから、俺と付き合ってみない？」

　頬をかきながら顔を赤らめる彼を見上げながら、心臓がバックバク言っていた。

　対するあたしの返事はとっても、か細かった。

　火照る頬をバシバシと２発叩いてから、ホテルの部屋のドアに手をかける。

「ただいまぁ」

　って、部屋に戻ったら誰もいないの！

「え、みんなどこ!?」

　押し入れにもいない、トイレにもいない。

　こんなことって……ひどすぎる……。

　半泣きでテーブルに目を移すと、【505号室にいるから恋々も来てね】と置き手紙があった。

「なんだ……よかったぁ」

　505っていうとクラスの男子の部屋だ。

　あとで行こ。

　まずは、朱里くんと電話。

　さっきの不在着信はやっぱり朱里くんからで、名前を
タップした。

　まだ起きてるかな。

　何してるかな。

　はやく声が聞きたいよ。

　１コール、２コール鳴るごとにどんどんドキドキが激し
くなっていく……。

《もしもし？》

　朱里くんの声が聞こえて、こんなにうれしい。

　でも落ちつけ、あたし。

「もしもし。電話でられなくてごめんね」

《いや。何してた？》

　それ、聞いてくれるの？

　じつはあたし、朱里くんみたいに！

「人生で初めて告白されたの！」

　これは正直、報告というよりは自慢。

《……ッ、はぁ!?》

　耳にキーンときた。

　びっくりしたぁ。声大きいよ。

《それで？　返事は!?》

　なんでそんな前のめりで聞くの？

「……断ったけど」

《あ……そう。相手ってふうちゃん？》

「そんなわけないでしょ。昨日初めて喋った人だよ……」

　あ、でも知り合いだったのかなぁ？

《それ、誰？》

　何その低い声？

「優紀くんって人……って言ったってわかんないでしょ」

《わかんねーよ。どんなやつ？　好みなのかよ？　イケメン？》

　……なんで責めるように質問攻めにされているんだろう。

　あたしが自慢っぽく言いすぎたせいかな？

　でも、たまには許してよ。

　朱里くんと違って、あたしにはこんな経験二度とないんだから！

《おい、イケメンなのかって聞いてんの》

　ひぃ。

「そ、そういえばイケメンって言われてたような……」

《なんで振ったの？》

「それは朱里くんが……」

　好きだから。

　そんなこと、不機嫌モードな朱里くんに言ってズバッと玉砕なんてしたくない。

《……俺が、何？》

「朱里くんが……。よく知りもしない人と付き合ったら怒るかなって思って」

　それは本当にそう思う。

　"ちゃんとしろ、このバアアアアアアカ"って言われそう。

《へぇ。恋々にしてはいい判断じゃん》

　ふっと笑う声が聞こえる。

　朱里くんの声もちょっとご機嫌に寄ったかも。

「……はやく会いたいな」

《それは……俺に？》

「うん」

《……へぇー》

　会いたいよ。

　声を聞いていたら、もっと寂しくなってきたみたい。

「朱里くんは？」

《え？》

「あたしに会いたいなって、思う？」

《……な》

「な？」

《……お前は、なんでそうなの？》

　笑い混じりの呆れっぽい声が聞こえてきた。

　何に呆れているの？

　首をかしげていたら、電話越しに聞こえてきたの。

　それは、ちょっとだけ、照れくさそうな声で。

《……すげー会いたいよ》

「……っ」

　胸を押さえて呼吸を整えるだけで精一杯なほど、胸の奥がきゅうんってする。

　会いたい。

　どこでもドアほしい……。

　好きなんて言葉じゃ足りないくらい、大好き……。

　帰ったら、ぎゅーってしたいな。

　小さいころみたいに飛びつきたい。

　愛しくってたまらない気持ち、ぶつけたくてたまらない。

　……受け取られ方は、家族愛でもいいから。

「ねぇ、朱里くん。家族にハグってだめだと思う？」

《何いきなり？　人それぞれってか……文化もあるというか。別にだめってことはないんじゃねーの？》

「そっか……」

　朱里くんとしては家族愛にハグはセーフってことだね？

　ふふっ。

　じゃあ次会ったら、遠慮なく飛びつこう。

《どうした？　なんか恋々へんじゃね？》

「ううん。なんにもない！　お土産、楽しみにしててね！」

《さんきゅー》

　電話を切ったあと、どっと溢れた寂しさを消すように、505号室に行ってお菓子パーティに混ざった。

　そして、ついに……。

朱里くんとの感動の再会の日がやってきた。

　ドアに鍵を差し込むときには、そわそわしすぎて涙がでそうだった。

「ただいまぁ！」

　玄関には朱里くんの靴がそろえられている。

　……もう帰ってる。

　リビングのドアを開けると、そこには。

「……朱里くん……」

　会いたかったぁ……。

　感動に立ち尽くすあたしに「どうした？」と朱里くんが近づいて、顔を覗き込んだ。

「……っ、ただいま」

　そのまんまあたしは両手を広げて、かたい胸板に飛び込んだ。

　ずっとこうしたかったぁ……。

　──ぎゅう。

　もう絶対離れたくない……。

　そうまで思っている、この懐かしい感覚。

　小さいころは朱里くんと離れたくなくてこうやってくっついてたっけ。

「……な、何？　離せバカ！」

　こんなこと絶対言われなかったし、朱里くんもぎゅってしてくれたのに。

「家族には、ハグしてもいいって言ったじゃん」

　朱里くんにとって、あたしは家族みたいなもんなんでしょ？

　『家族より家族になりたい』って言ってたもん。

「……お前は家族じゃねーだろ」

　朱里くんの声が体を伝う。

　そんな憎まれ口を叩きながらも、結局朱里くんはあたし

をぎゅっと抱きしめてくれた。

　そんなのうれしくて、本音が漏れちゃうよ。

　今、あたしの蛇口全開なんだからね。

「……会いたかった。寂しかった」

「何、それ……。どう捉えていいのかわかんないんですけど」

　ぎゅう、っと力がこもる。

　だからあたしもぎゅっと返す。

　……好き。大好き。朱里くん。

　そういう気持ちが溢れて、言いそうになるのをぐっとこ
らえる。

「あたしがいない間……なんにもなかった？」

「なんにもって？」

「だって朱里くん女たらしだから……。連れ込んだり……」

　言ってて悲しくなってきた……。

「女たらしって……。俺は好きな子にしかベタベタしないっ
て言ってんだろ」

「全然説得力ない」

　あたしにはいろんなことしてくるくせに、よく言うよ。

　朱里くんの、バカ……。

　『好きな子にしか』って言ってたけど……。

「朱里くん、好きな子と会ったりした？」

　連れ込まなくても、デートとか……。

「むしろ珍しく会えなかったよ」

「珍しくって……！　じゃあ……」

　あたし、鋭いからわかっちゃった。

ということは、"いつもは、会ってる" ということ……。

そうなると必然的に同じクラスの子だよね。

欠席で会えなかったのかな。

「何？　気になんの？」

あたしの体をはがして覗く顔は、にやっとしたいたずら口角。

「ううん。何も聞きたくない」

耳を両手で押さえる。

朱里くんの好きな人の話なんて、そんなもの……。そんなもの……。

「1ミリも興味ないもん……」

ぷくっと膨らみかけた頬から空気を抜いて、朱里くんを見上げると。

「……『1ミリも、興味ない』……」

どこか遠くを見つめる朱里くんから、掠れ声が聞こえたような気がした。

あぁなんかモヤモヤする。

この話はやめよう。

朱里くんの好きな人の話は、体によくない！

「……そうだ！　お土産買ってきたよ！」

キャリーケースを開いて、中身を取り出した。

「まずこれね。水族館のシャチのクッキーだよ。朱里くんにそっくりでしょ」

「性格悪そうな顔してたらイコール俺にすんのやめない？」

そう言いながら、うれしそうに受け取ってくれてる。ふ

ふ。

　かわいい……。

　もっと喜ばせたい！

「あと、朱里くんには、これと一、これと、これと、これとこれと」

「ちょっと待て」

　お土産を並べる手を止められた。

「何？」

「何じゃねーよ。何この量？　全部俺に買ってきたの？」

「あと朱里くんの実家にも……ってたしかに多すぎた？」

「恋々の分は？」

「えっ……。あぁ、忘れちゃった……あは」

　いや、いま髪を結んでいるシュシュとカバンにつけたハイビスカスの髪留めは、みんなとおそろいで買ったけど。

　見上げた先で、朱里くんは唖然としている。

「なんで自分のを忘れんの？」

　本当だね。なんでだろう。

「お土産売り場にいくと朱里くんのことばっかり頭に浮かんじゃって……」

　これ喜ぶかなとか。

　そういうのが楽しくなっちゃって。

「……バカなの？」

　呆れっぽいため息をついた朱里くんのおでこが、こつんとあたしの頭にぶつかる。

　ドッキンと心臓が跳ね上がった。

「……そういうの、俺どう捉えたらいいわけ？」

「どうって……？」

　朱里くんと触れ合っているおでこが熱くて、どんどん顔じゅう熱くなっていく。

　ぱっと離れたときには、あたしの顔面は真っ赤だったと思う。

「……なんでもない。恋々に深い意味なんか探すだけ無駄だった」

　意味がわからないけど、バカにされているのだけは、わかるよ。

　ムッとした瞬間、朱里くんはあたしの頭に手のひらを置いて、ふっと笑った。

「……じゃあ、恋々の分は来年俺がいっぱい買ってくんね」

　そんな笑顔で言わないで……。

　うう、胸がきゅんとして痛い。

「ありがとう……」

　はにかむあたしのだらしない頬は朱里くんの両手にびよーんと伸ばされた。

「……お前はほんと超えてくんなぁ」

　……どういう、意味？

　ほっぺ痛い……。

最終章

溢れる嫉妬と独占欲

【恋々side】

　今年ももうすぐ終わりかぁと思いながら、ダイニングテーブルの端に積まれた朱里くんの課題に目を向ける。

　冬休みはまだはじまってもないっていうのに、もう課題をはじめているなんて怖い人……。

　朝7時、まだ眠たそうな朱里くんはたまに目を閉じて、あくびしながらあたしの隣に座った。

「おはよ……」

「おはよ。朱里くんもう宿題はじめてるってすごいね」

「……誰かさんの手伝いに追われる後半を思いやってのことだろーが」

「なんて？」

　寝起きだからって声が小さすぎて聞こえない……。

「朱里くん、朝型なのに勉強は夜やるんだね」

　睡眠時間足りてるのかな……？

　はいココア。

「ね。俺すげー朝型だよねぇ……」

　目を閉じて、当たり前のようにあたしの肩に頭をもたれる朱里くんって人は……。

　朝からドキドキさせられてばっかりだよ……。

　真っ赤になって縮こまっていると、朱里くんはあたしのスマホを手に取った。

　ボケーッとした目が、スマホケースを眺めている。
　そんなに見つめて、どうしたんだろ？
「……もうすぐクリスマスだなぁ」
　ぼそっと呟いた声に「そうだねぇ」と返しながら、ココ
アをひとくち。
「町中うざいほどカップルだらけになるんだろうな」
　ちょっと嫌味っぽい口ぶりだけど、朱里くんって……。
「もしかして、クリスマスまでに彼女を作ろう、とかって
思ってる？」
　ふうちゃんはそう言って、合コンに繰り出していたけど。
「思うわけない」
「え、じゃあ……その。彼女は、いらないの？」
「彼女は欲しいけどね。別に急いでない」
　そうなんだ……。
　ってことは好きな人と今すぐどうこうしようって状況
じゃないのかな。
　ほっと胸をなでおろすと、朱里くんは笑いながらあたし
の頬をつついた。
「……恋々は流されて彼氏作んなよ？」
　いたずらっぽいその顔に、胸がきゅうっと痛くなる。
「流されないもん……」
　そもそもあたし、好きな人いるんだから。
「ならいいけど」
　PAPAマグに注がれたココアをふぅーっと冷ます横顔。
　全部愛しい……。

　恋っていいなぁ。
　些細（きさい）な日常が、一気に楽しくて幸せなものに変わるんだもん。
　そう思うあたしは、甘いココアよりずっと、考えが甘かった。

　冬休みに入ってすぐの今日。
　朱里くんは中学の友達と遊んでいるらしいけど、あたしは高校の友達と丸１日遊び尽くした。
　時が過ぎるのはあっという間で、気づけば夕方なんだから、びっくりだよ。
　もう帰る時間だ。
「あたし、スーパーに寄ってから帰るね」
「あははっ、主婦！　ばいばーい！」
　友達に手を振って、夕暮れの道をひとりで歩く。
　朱里くんはさすがにまだ帰ってないかな。
　今日はオムライスにしよう。
　朱里くんの分だけでいいから、今日こそ卵がうまくいきますように。
　願いを込めながら卵パックをカゴに入れて、野菜もちょっと買い足して。
　スーパーの長蛇の列に並んで番が来てからケチャップの買い忘れに気づくいつものパターン。
　……コンビニでいいや。
　スーパーの袋をかかえて、マンションの最寄のコンビニ

の駐車場に入ろうとしたときだった。

「……待てって！」

　緊迫した声に思わず顔を上げると、コンビニから飛び出してきた高校生くらいの女子の手を、男子が掴んでいる。

　こ、これって、痴話ゲンカっていうやつ……!?

　ドキドキしながらもそこに目を移したとき、思わず声が出た。

「え……？」

　女子の手を掴んでいるあの人、間違いなく朱里くんだ……。

　とっさに停車中の車の陰に隠れて、顔だけを出して覗くと、声が聞こえてきた。

「亜瑚。冷静になれよ」

「冷静だもん……！」

　腕を振りほどこうとしながら朱里くんを見上げる女の子。

　腰までありそうなナチュラルブラウンのウェーブの髪が、風になびいて、大きな目から涙がこぼれていく。

　──亜瑚。

　……それって、

　朱里くんの元カノの名前だ。

「手、放してよ……！」

「放すわけねーだろ」

　朱里くんはどうしてそんなに切なそうに、彼女を見ているんだろう。

　……そんな顔、まるであの子のことが——。

　指先から力が抜けていく。

　——ガシャン……。

　コンクリートに落としてしまった袋の中で、割れた卵が黄色く広がっていく。

　心臓がバクバクと音を立てている。

「……あんな男、すぐに別れろよ」

　懇願するような声だ。

「……別れてなんて言えない」

「だったら、俺が言ってやるから」

　頼もしい言葉をかけられた亜瑚ちゃんは泣きながら「ありがとう」と朱里くんの胸に飛び込んだ。

「……ちゃんとしろよ」

　体を離しながら亜瑚ちゃんの肩を２回叩いた朱里くん。

　息が詰まる。足元が崩れそう。

「……朱里くん」

　あたしの声も伸ばした手も、届くわけがない。

　どこかへ向かうふたりの背中が小さくなって見えなくなった。

　朱里くんの真剣な目が頭から離れない。

　亜瑚ちゃんを思う言葉も、表情も……全部。

「……卵割れちゃった」

　——ポタン。

　黄色くなった袋の中に、涙が落ちていく。

　一目瞭然だった。

　朱里くんの好きな人って、亜瑚ちゃんだったんだ……。

　空っぽの家に帰ってもう1時間はたっているけど朱里く
んはまだ帰ってこない。
　いま何してるんだろう。
「はぁ……」
　朱里くんに好きな人がいるって、知っていたはずなのに
な。
　どこか実感がなくて、全然わかってなかった。
　だけど、朱里くんの好きな人の姿も、朱里くんが向けて
いたあの表情も、生々しくまぶたの裏に焼きついている。
　思い出すだけで胸が苦しい。
「ただいま」
　玄関から声がして、あわてて涙だらけの顔をごしごしと
ぬぐった。
「おかえり……」
「声、暗。って何、この割れた卵は？」
「あ、それは……落としちゃって」
「ドジかよ」
　笑いながら、そんなめんどくさいものを片づけはじめる
朱里くん。
　……なんで上機嫌なの。
　亜瑚ちゃんとうまくいったから？
　別れさせてあげるって、そう言ったとおりのことを成し
遂げられたから？

　だから、機嫌がいいの？

　亜瑚ちゃんと朱里くんが並ぶ映像が鮮やかに頭に浮かん
でくる。

　誰かを想う朱里くんなんて嫌だ……。

　ぷくっと涙が浮かび上がっていく。

　いつの間に片づけが終わったのか、朱里くんがあたしの
ほうに来た。

「恋々？」

　少しかがんだ彼から、不自然な速度で顔を背けてしまっ
た。

「え……泣いてんの？　どうした？」

　あたしに向けてくれた心配そうな声が切なくて苦しくな
る。

　だって、同じように心配そうな声をさっき聞いたばかり
だから。

　亜瑚ちゃんに向けられた言葉がよみがえってくる。

『放すわけねーだろ』

　真剣に彼女の腕を掴んで、

『……ちゃんとしろよ』

　切なそうに顔をゆがめて、願っていた。

　朱里くんの心の中にはあんなに特別な人がいるんだ。

「恋々？　なんかあったの？」

　なのにあたしにまで、どうしてそういう顔をするの。

「……朱里くんって、亜瑚ちゃんを好き？」

「は？」

「さっき偶然コンビニで見たんだ……。恋人と別れさせて
あげたの？」
「あぁ、そうだけど。え？　それで泣いてんの？」
　頷きはしないけど、否定もできない。
　そんな中途半端なあたしに、朱里くんは咳払いをしてか
ら、もう一度聞いた。
「……例えば、俺が亜瑚を好きだとしたら、それって恋々
に関係あんの？」
　突き放された気がした。
　……関係、なんかないよ。
　あたしはただの幼なじみなんだもん。
　でも、そんな言い方しなくたっていいじゃん。
　涙がどんどん浮かんでくる。
　唇を噛みしめてうつむくあたしの視界を、朱里くんの指
先が問答無用で上を向かせた。
　ゆらゆらする視界に入り込んだ朱里くんは、あたしに詰
め寄る。
「ちゃんと教えて。なんで俺が亜瑚を好きだと悪いの？」
　亜瑚ちゃんのこと好きかどうか答えずに話をそらす声
は、なぜか上機嫌。
「もしかしてだけど、恋々のそれって……嫉妬？」
　……嫉妬。
　そうだよ。
　でも、なんで？
　あたしはこんなに悲しいのに、なんで朱里くんはうれし

そうにそんなことを言うの？

　……意地悪。

　もうだめ、深呼吸しても、収まんない。

　嫉妬でおかしくなりそう。

「朱里くん嫌だ……」

　こぼれちゃった本音と一緒に、朱里くんの体を突き放した。

「……なんでいきなりキレんの？」

　一度驚いた顔をした朱里くんは、あたしの髪に手を伸ばした。

　この手は、なんであたしに触れるんだろう？

　朱里くんは亜瑚ちゃんって好きな人がいるのに。

　頭撫でたり、ぎゅってしたり、もっと……今までいろんなことをあたしにしてきたよね。

　それは全部からかいで、意味なんかないのに。

　そんなものを、どうしてあたしは受け入れてきたんだろう。

　頭を撫でようとした手をさっとかわした。

「……もうあたしに触んないで！」

　思わせぶりなことしないで。

　どんどん勘違いに拍車がかかっていくから。

　好きな人がいるのに、ほかの人にこういうことする。

　それって、おかしいよ。

「そういうことする朱里くんが、あたし、すっごく嫌……」

傷つけた後悔

【朱里side】

　初めて拒まれた。

「そういうことする朱里くんが、あたし、すっごく嫌……」

　だったらなんで今まで拒まなかったの。

　なんで手遅れになってからいきなり突っぱねんの。

　嫌だったら絶対にしなかったのに。

「ごめん」

　後悔しても何もかも手遅れ。

　俺にできるの謝罪くらいしか残ってない。

「……もう恋々に触んないから」

　とか、何を言っても、もう遅いじゃん。

　傷ついた顔した恋々がそこにいる。

　そうしちゃったのは、紛れもなく俺だなんて、こんな絶望感はそうないだろ。

「……ほんとごめん」

　うつむく恋々の横を通りすぎて、玄関に向かった。

「朱里くん……どこ行くの」

　恋々の声が背中に聞こえたけど。

「どっか」

　てか俺なんか、ここにいないほうがいいんじゃないの。

　ずっと我慢してたのかな。

　なんで読み取れなかったんだろう。

　全然わかんなかった。
　こんなの取り返しつかないじゃん。
　好きな人、ああいうやり方で傷つけてきたなんて最悪すぎるし、どうやっても許せないでしょ。
「……同居解消してもいいから。恋々の好きにして」
　──バタン、とドアを閉めた。

仲直りの体温

【恋々side】

　溢れる嫉妬が止まらなかった。

　抑えられなかった。生まれてはじめての感覚だった。

　だからって「もう触んないで」なんて言っていいわけないのに……。

「あたし、何してんの……」

　朱里くん、今まで見たことのないほど、傷ついた顔をしてた……。

　抑えきれなかった嫉妬と入れ替わるように後悔が溢れて、どうしていいかわかんなくなって。

　そうしているうちに、「同居解消」って言われた。

　なんであたし、あんなひどいことを言っちゃったの。

　あたしのバカ。

　触れられたこと、全部うれしかったくせに。

　朱里くんの心がどこに向いていようと、目の前の朱里くんがあたしに手を伸ばすことは間違いなくうれしかったのに。

　冷静になればなるほど、言葉を取り消したくて仕方ない。

　『もうあたしに触れないで』なんてよく言うよ。

　本当は触れられたいくせに。

　……後悔先に立たず。

　思いっきり傷つけられた朱里くんが出ていくのも当たり

前のこと……。

　もう外は真っ暗だ。

　あれから1時間がたったけど、朱里くんが帰ってくる気配はない。

　……朱里くんの家にいるかな。

　朱里くんに電話をかけてもつながらないから、探しに行こうと家を飛び出した。

　きっといるだろうと思っていた朱里くんの実家にまずは行ってみたけど、まさかの留守……。

「……どうしよう」

　ええっと、落ちつかないと。

　朱里くんが行きそうな場所は、どこだろう。

　アコちゃんのところ……？

　そんな最悪のパターンは、ありえそうだ。

　だったら、迎えに行く必要なんてないし……。

　アコちゃんとどうにか連絡をとるなんてことは迷惑だよね。

　胸がキュッと苦しくなる。

　アコちゃんの家以外の場所にいてほしいな……。

　ほかに朱里くんがいる可能性のありそうな場所はないかな。

　高校、中学校、小学校……。時間をさかのぼって考える。

　幼稚園までさかのぼって、ふと浮かんだ光景。

　──毎日のように遊んだ公園。

　どうしてだろう、いるような気がする。

　ほとんど本能のままに走り出した。
　慣れた道を思いっきり走ると、街灯に照らされた亀の形
をした大きな滑り台のてっぺんが見えてきた。
「朱里くん!!」
　涙をぬぐいながら名前を叫んで公園をただ目指す。
　いるとすれば、いつも親の目を盗んでふたりきりになる
絶好の場所だった、トンネル状になった亀のお腹の中な気
がする。
「朱里くん!　いる!?」
　スマホのライトで亀のお腹の中を照らすと、眩しそうに
目を細めながら顔を背ける人がいた。
　……ビンゴだ。
「……何見つけてんだよ」
　亀のお腹の内壁にもたれながら座り込んだ朱里くんを見
つけた。
「……見つけた……。ごめんなさい、朱里くん」
　なんでこんなところに……。
　こんな寒いところにいたなんて。
　もっと早く来ればよかった。
「手が氷みたいになってるよ…」
　触れた手は一瞬で引っ込められてしまって、拒否された
手に冷たい感触だけが残る。
「どうしよう……そうだ、あたしのコート着て！」
　……って、あたしコート着るの忘れてる……！
「バカかよ……風邪ひくよ」

　はぁっと白い息を吐いて、朱里くんはコートを脱いだ。

「着ろよ」

　ぼふっと投げかけられたコートに、朱里くんの温もりが少しだけ残っている。

　ぼろぼろと涙がこぼれてきた。

　こんなに、優しくて大切な人に、あたしはなんてことを言ったんだろう。

「ひどいこといっぱい言ってごめんね……」

　朱里くんの体にコートをかけ直して、冷えきった体をぎゅうっと抱きしめた。

　他意なんてない。

　ただ冷えきった体を温めたいだけ。

「朱里くん、本当にごめん」

「なんで恋々が謝んだよ。悪いの俺だろ」

「朱里くんは、なんにも悪くない……。傷つけてごめんなさい」

「つか、痛い。放して」

　あたしの体を押しやって、顔を背けた朱里くんは「さむ」と震えていて。

「なんでこんな寒い亀の中にいたの……？」

「……人生を反省してたら、なんか行きついたよね」

　朱里くんの背中をさすって、摩擦で熱を起こす。

「恋々、帰れよ。風邪ひくから」

　それは、別々でマンションに帰るって意味？

　それとも……同居解消ってこと？

「……一緒に帰るのはもうだめ？　もうあたしとは一緒に暮らせない？」

「俺と暮らすのがきついのは恋々のほうでしょ。もう俺のこと無理なんじゃねーの？」

　そんなわけない。

　ありえない。

「全部、言葉間違えたの。謝って許してもらえると思えないけど……あたしは一緒に住みたい」

「一緒にって……。また俺が恋々に触っちゃったらどうすんの。あんま自信ないんだけど」

「触ってほしくないとか、嘘だから！」

「嘘っぽくなかったよ」

　傷ついた顔で笑う朱里くんは、ゆっくりと亀の外に出て立ち上がった。

「とりあえず送んね」

　そう言って、あたしにもう一度コートをかける優しい手。

　この手に、恋愛の意味だけを求めたあたしがバカだった。

　朱里くんをひとりじめしたくなったあたしは、本当にバカだった。

「あたしはコートなくて平気だから。朱里くんが着て」

「……こういうのも嫌なの？　それとも遠慮？」

「これは……遠慮」

「だったら、着てほしいから着て」

　あたしなんかより、朱里くんのほうが寒さに震えているのに……。

でもかぶせられたコートには素直に腕を通した。

「……ありがとう」

　信号待ちの間、隣で震える朱里くんの手を包んだ。

　これくらいしかできないから。

　息を吹きかけてこすって。

「……あたしの体温を上げる」

　ぎゅうっと両手を握る。

「でもあたしの手もそんなにあったかくないかな」

　手袋とかマフラーとかなんにも持ってこなかったあたしのバカ。

　どこなら暖かいかな……。

「あ……首はあったかいかも」

　朱里くんの両手を髪の内側に入れて、首に貼りつけた。

　ひいっと声が出そうなほど、朱里くんの手は氷みたいに冷たくなっている。

　こんなに体が冷えたのも全部あたしのせい。

　ごめんね。

　……早く温まって。

「バカ。お前が冷えんじゃん」

　離れようとするその手、あたしは意地でも離さないから。

「あったかい？」

　朱里くんは頷いたまま視線を真下に落とした。

「……俺に触れんの、嫌なんじゃないの？」

「本当に、嫌なんかじゃないの」

　信号の赤に照らされた赤い頬を見上げると、朱里くんと

一瞬目が合ってすぐにそれた。

「もうあったまったから、離して」

「……離したくない」

　指先、まだ氷みたいだもん。

「……バカ」

　家に帰って、すぐにお風呂に入ってもらった。

　お風呂上がりの朱里くんの両手をとると、あったかくて泣きそうなほど安心した。

「……酷いこと言ってごめんね、朱里くん」

　言葉でいっぱい傷つけてこんなことあとから言われても都合よすぎるって思うけど。

「触らないでなんて、ほんとは思ったことないから……」

「いいよ、無理しなくて。俺もやりすぎたのわかってるし、反省してるし。もうしないから」

　『もうしない』なんてそんな言葉は全然求めてない。

　あたし、バカだった。

「違うの。本当はあたし……朱里くんにもっと触られたい」

　両手を掴んで見上げる。

　朱里くんの手は握り返してなんかくれないけど、朱里くんは笑った。

それも、すごく呆れっぽく……。

「……お前さぁ、小悪魔にもほどがあんじゃないの？」

小悪魔に白状

【朱里side】

　──『もうあたしに触んないで』。

　っていう拒否のあとは『触られたい』。

　火照り顔の恋々は上目づかいで俺の両手を握って、そういうことを言う。

　どうしていいのかわかんねーよ……。

　恋々って、俺のことどう思って言ってんの？

　いや、わかってる。

　天然だし、アホだし、小悪魔発言に意味なんてものはそもそもなくて。

　勢いで『触らないで』って言ってしまったことを後悔した勢いで『触ってほしい』なんて言っただけなんだろ？

　我ながら、恋々に関しては理解力が高いと思う。

　亜瑚のことで嫉妬してくれたのかと一瞬調子に乗ったけど、幼なじみの範疇でのヤキモチなんだろうな。

完全な自惚れだった。

　──なら、はっきりしてよ。

「どこまで触っていいの？」

「え……えっと」

「今までされて、平気だったのはどこまで？」

「……」

　恥ずかしそうに唇を噛んで、視線を斜め下に落とす恋々

の真っ赤な顔。

　そういうの見ると俺は、触れたくなんの。

　だから、ちゃんと教えて。

「どこからが嫌だった？」

　嫌なら絶対にしないから。

「……全部」

　え、全部かよ……。

　なんなのこいつ……。

「……じゃあ、もう一切触りません」

　両手を上げて一歩下がった俺のほうを、恋々はばっと見上げた。

　おでこまで真っ赤な必死の顔で、恋々は。

「全部、嫌じゃなかった……！　もっと触ってほしい！」

　恋々の声が響いた。

　時が止まる。

　何……それ？

　どう捉えていいのか混乱して、どんどんわかんなくなる。

「……まじでお前、悪魔」

　小悪魔なんてかわいい次元にいない。

「……嫌なら、ちゃんと拒んで」

　髪をすくって、キスを落とす。

　それから頬にキスを。

「……嫌？」

　恋々は余裕ない顔して、ふるふると首を横に振る。

　反応を確認しながら首、鎖骨と唇を移していく。

「……んっ」

　俺にしがみついて、潤んだ瞳はとろんとして熱っぽくて。

「……これは嫌じゃない？」

「っ、嫌じゃない……」

　恋々は俺を受け入れるように強くしがみついて、潤んだ目は俺を見上げて。

　……まるで求めているみたいだ。

　勘違いさせんな、バカ。

「朱里く……」

　その無防備な唇だって奪ってしまいたいけど。

　押し倒したい欲望だけは噛み殺して、溢れそうになる気持ちをこらえる。

「このバカ。されるがままにされてんなよ」

　このどうしようもないバカをぎゅっと胸に抱きしめた。

　好きで好きでたまんない。

　同じ気持ちが恋々にもあればいいのに。

　ねぇ、恋々。

　……俺を好きになってよ。

「……朱里くん、亜瑚ちゃんのこと好き……？」

　胸にこもる声が聞こえて、ため息がでた。

　俺はこんなに恋々のことしか考えてないのに……バカ。

　……本っっっ当にバカだよね。

　そもそも、もしも俺が亜瑚のこと好きなら、恋々にこんなことするわけなくない？

「前も言ったけど俺の好きな人は亜瑚じゃないよ」

「じゃあどうしてコンビニで……別れろとか言ってたの？」

　……あぁ、結構やり取り聞いてたんだな。

　だったらそれ利用させてもらおうかな。

　前に『元カノに性格そっくりなどうしようもないほど抜けてる鈍感女がずーっと好き』って言ったこと、もちろん忘れてないだろうな？

「亜瑚ね、恋々にすげー似ててバカでアホなの」

「……っ」

　お。もしかして……伝わった？

　そう期待したのは一瞬。

「ひどい悪口……っ」

　わかってねー。

　ガクッとしつつも笑えてくる。天才的な鈍感。

「そんなアホな亜瑚がDV男にたぶらかされたら、誰でも心配するっていうか」

　DVするようなやつに友達が困っていたら、普通、誰でも助けるだろ。

　てかさ、恋々が妬いてくれないかなって思って、亜瑚のことは元カノだーなんて言ったけどさ。

　全然妬いてくんないし、ややこしいし、もう白状しようかな。

「つーか、本当は〝亜瑚は元カノなんかじゃない〟って言ったらどーする？」

「え？」

「亜瑚は元カノじゃないし、俺には元カノなんかひとりも

いないって言ったら、どー思う？」

「え……えぇ!?　どういうこと!?」

　ぐっと詰め寄る恋々の勢いに、思わず一歩下がってしまった。

「朱里くん、元カノいないの？　じゃあ、亜瑚ちゃんは!?」

「……ただのイトコ。恋愛感情とかまったくない相手」

「え、え……いや、嘘だぁ！　朱里くんのイトコなんて、あたしは見たことないもん！」

「亜瑚は中３のときにこっちに引っ越してきたから、恋々は会ったことなかっただけで、本当にイトコだよ」

「……ほ、ほんと？」

「うん」

「そうなんだ……って、もー！　じゃあ、なんでそんな嘘ついたのー!?」

　いや、だから妬いてほしかっただけ。

「でもそっかぁ、なんだ。亜瑚ちゃんは、元カノじゃなくてイトコなんだぁ……よかったぁ……」

　え？　今、なんて言った？

　『よかった』って絶対言ったよな……？

　心臓がドクンと期待に跳ねる。

　舞い上がりそうになるのを抑えて、冷静に問う。

「……亜瑚が俺の元カノじゃなくて、うれしいの？」

「うん」

　ドクン、とまた大きく鳴る心音。

「それって……」

　どういう、意味？

　そう聞こうとしたとき。

「だって、朱里くんはあたしと一緒で、恋人いない歴＝年齢なんだもん……！　先越されてなかったぁ!!」

「……」

　目を輝かせる恋々、愕然とする俺。

　期待は見るも無残に葬り去られ、一瞬動けなくなったけど……恋々らしいなぁ。

　また肩透かし。

　ほんとやだ、すげー好き。

「それにしても亜瑚ちゃん、彼氏さんとそんなことになってたなんて……。朱里くん助けてあげて、えらかったね」

　優しく微笑む恋々は「……女の勘はずれちゃったな」なんて照れ臭そうに続けているけど、女の勘なんて冴えたものがお前にあると思うな。

「恋々には残念ながらそういう類のもの備わってねーから」

　こつんと頭を叩くと、「え？」と眉根を寄せて不服そうに唇をとがらす。

　けど、その表情はすぐに穏やかさを取り戻して。

「じゃあ朱里くんは、彼女できたわけじゃないってことだよね……？」

　うかがうようにそんなことを緊張気味に聞いてくるのって、どういう意図なの？

　わかんないなぁ……。

「彼女なんかできてねーよ」

「そっか」

　ねぇ、なんでちょっとうれしそうに笑うの？

　やっぱり何度目かの期待が浮かび上がった瞬間。

「……くりぼっち」

　ぷぶっと笑ってるご機嫌な恋々は、「仲間でよかった」と笑みを深める。

　——期待。

　この2文字は今、砂のようにさらさらと崩れている。

　まぁいい。

　気を取り直そう。

「やっぱ、クリスマスは好きな人と過ごしたいじゃん」

「うん」

「だから俺は今年、どこも行かない」

　好きな人がいる家にいる。

「……え？」

　さすがに気づいたのかな。

　恋々は何か言いかけてから、言葉をのみ込んだ。

「意味わかる？」

「うん。……朱里くん、好きな人いなくなったの？」

　思わず、ずっこけそうになった。

「ねぇそうなの？」

　がばっと顔を上げた、そのアホ面。

　そうだね、大大大不正解をあげる。

「いたっ！　なんでデコピンするの!?」

「バカだなぁーと思ったから」

「そんないい笑顔で言わないで！　……でもそっか。好き
な人いないんだ……」

　なんでそんな喜んでるの。

　恋愛沙汰(ざた)のないフリー同士がいいってこと？

　ナカヨシの幼なじみでいましょうねーってやつか。

　本当に俺って脈なしだよね。

　半ばヤケな気持ちで、俺は恋々の肩を抱き寄せた。

　この鈍感な悪魔。じゃあもっと攻めていいの？

　だって触られんの嫌じゃないんでしょ。

　俺の目に映る恋々は、やっぱ嫌がってなんかないもん。

「……クリスマス、俺にくれる？」

「……っ、うん！」

「じゃあ約束ね」

　頬にかかるウェーブの髪をよけて頬にキスをしてみたけ
ど、拒まれることは最後までなくて。

　恥ずかしそうに目を閉じて、唇を噛んでいるけど。

「その顔はやめたほうがいいんじゃないの」

「？」

「……食いたくなる」

「!?」

　——溢れ出す嫉妬と独占欲。

　手応えがありそうで全然なくて怖い。

メリークリスマス

【恋々side】

　もうすぐクリスマスな某日。

　朝６時半、寝ているんじゃないかと疑いたくなるような目の開き方をした朱里くんは「クリスマス、どっか行きたいとこある？」と言いながら、あたしの隣に座った。

「んー……。どこがいいかな」

　てっきり家でのんびりするんだと思っていたから、考えてなかったな。

　朱里くんになんとなく目を向けると、ボケーッとした彼は、伏せられたあたしのスマホを見ていた。

　うさぎに加工されたあたしと朱里くんのツーショット、お気に入りの１枚を、あたしも一緒にボケーッと眺めはじめたら。

　──ピロン。

　スマホが鳴った。

　メッセージの内容を確認した瞬間、あたしの時は止まった。

　たらりと一筋の汗が流れる。

　これは、緊急事態発生。

「どうしよう朱里くん……！　冬休み中にクラスみんなでカラオケ行こうだって！」

「うん……なんでそんな慌ててんの？」

「カラオケってちょっとだけ苦手なの」

「へぇ」

「あたしも歌わないといけないのかな……」

「つーか、それなら不参加でよくね？」

「それは寂しい」

「……あっそ」

　理解できねーなんて言っておきながら、朱里くんはあたしの頭にポンと手を置いて。

「じゃあ今度俺と練習しに行く？」

「いいの!?」

「うん、別に」

　ぱあああああっと世界が明るくなった気分。

「ありがとう朱里くん……っ」

　ほんと優しい……。

　もっと好きになっちゃう。

　そんな会話もあったことから、本日のクリスマスは朱里くんとカラオケに来ました。

「……早くなんか歌えば？」

「そ……そんな、恥ずかしい……」

「俺相手に照れてどうすんの」

「最初は緊張するから一緒に歌ってくれないかな……？」

「……だから、その顔ずるいんだって」

　そう言いながら、朱里くんは近ごろ流行りの曲を入れてくれた。

　……たしかに、あたしたちは本気で歌ったはずなの。

なのに、これは何？

ふたりそろって眉根を寄せて画面を見入る。

【精密採点　42点】

「よん……っ、これって100点満点の42点なの？」

画面を疑いたくなる。

音程も抑揚（よくよう）も、どれもこれもケチをつけられているなんて……。

そして、16年も朱里くんと過ごしておきながら、今初めて知ったんだけど。

「朱里くんって歌がアレだね……」

「アレってなんだよ」

カラオケはあたしが避けていたっていうのもあって、知るタイミングがなかったけど、こんなに最低なデュエットを成し遂（と）げちゃうなんて信じられない。

ここは、はっきり言おう。

「音痴（おんち）だった」

「人のこと言えねーだろ」

ふたり同時にマイクを置いてドリンクを飲んだ。

そして同時にマイクを持ち直す。

「次は何を歌う？」

「これは？」

「いいね」

ピッとリモコンから送信して、不協和音のデュエットがはじまる。

タンバリンを振る手が疲れるほど一通り盛り上がって。

【精密採点　25点】なんていう盛り下がるものは朱里くん
が「うるせえ」って言いながら早い段階で消した。

「あははっ。喉痛くなりそう！」

「まだいけんだろ」

「うん、いけるーっ！」

　なんだ、カラオケって下手でも楽しいんだ。

　いや、違うか。

　きっと、朱里くんと一緒だからこんなに楽しいんだろう
な。

　いっぱい歌って、さらに1時間延長しちゃった。

　気持ちうまくなったんじゃないかな？

「朱里くん、次は何入れる？」

「さすがに疲れた。ちょっと休憩しよ」

「……だね」

　ずっと笑いっぱなしだから、あたしも笑い疲れた。

　並んで座ったソファにもたれると、朱里くんがあたしに
寄りかかってくるんだもん。

　……そんなの、ドキドキしちゃうよ。

　だけど、あたしの気持ちなんか朱里くんはお構いなしで、
彼はのんびりと寄りかかっている。

　ただのちょうどいい背もたれとして使っている気がする
けど、それでもいっか。

　うれしいもん。

　込み上げる愛しさに目を細めながら朱里くんのほうに顔
を向けた瞬間、髪からほのかにいい香りがした。

　朱里くん用のシャンプーはあたしのより安いはずなのに、なんでこんなにいい匂いなんだろう……。

「何？」

「あ。朱里くん、いい匂いするなぁって思って」

「……変態」

「えっ」

　そんなつもりなかったのに！

　そう思ったから言っただけで……！

　言い訳も思いつかず慌てふためくあたしに、顔を近づけてきた朱里くん。

　首元に息がかかって、どっきぃっと心臓が跳ねる。

「な……何？」

「恋々もいい匂いするよ？」

　──にや。

　あたしを見上げる朱里くんの意地悪な笑み。

　たくらむような笑顔が心臓を余計に急かしていく。

　朱里くんの指が頬を伝って、髪を撫でる。

　思わず片目を細めたら。

「恋々の余裕ないその顔さぁ……」

　バカにするみたいに言うから、顔を精一杯背ける。

　どうせ真っ赤だって笑うんでしょ。

「……見ないで」

「そういういじらしい顔もね」

　まだバカにする気!?

　そう思って、睨むようにすぐそこの朱里くんの顔を見た

ら。

「……かわいすぎか」

──ゴツンッ！

「いったぁ……っ！　なんで頭突きするの!?」

　しかも結構な強さで……痛い、痛すぎる。

　やり返そうと思ったら、朱里くんのてのひらは見事にあたしの頭をキャッチした。

「……く。反射神経いいね」

「恋々よりはね」

「運動神経よくても、歌は下手なくせに」

「人のこと言えねーだろ」

　うん。まぁ、そうみたいだよね。

　あたしたちのデュエットが廊下に漏れていたのか、歌っている最中にはいろんな人がこの世の終わりみたいな顔しながら、部屋の前を通っていたもんね。

　そんなに音痴だったのかなぁ？

　首をかしげながらなんとなくドアの先を見ると、小さい子を連れた家族が楽しそうに向かいの部屋へ入っていった。

　へぇ、子どももカラオケできるんだぁー。

「あたしと朱里くんの子どもって絶対音痴だよね」

「……ん？」

「だってあたしも朱里くんも音痴だから」

　朱里くんは時間をかけてあたしのほうに顔を向けると、疑うようにこっちを凝視する。

「……え、何？」

　なんでそんな目であたしを見るの？

　一呼吸置いて、朱里くんは言った。

　呆れっぽく口角を上げて。

「へぇー。恋々は俺との子ども産むんだ？」

「……っ！　いや、そういう意味じゃ」

　断じて、そういう意味じゃなくて！

　なんとなく思ったから、言っただけで。

　ひぇっ。

　いつの間にか、あたしの肩に朱里くんの腕が回されていて思わず縮こまる。

「いいよ、俺は。音痴な子はかわいいと思うよ？」

　この距離で言わないで……っ。

　近い。

　心臓が破裂する。

　目がぐるぐる回りそう。

　こんなにいっぱいいっぱいなのに、朱里くんの指があたしの顎をもち上げた。

　もうだめ。

　心臓が……呼吸が……倒れたらどうするの。

　目をぎゅっととじたら。

「四ノ宮恋々にしてあげよっか？」

　え……？

　本当にそう思ってくれてるの……？

　耳元で囁かれた優しすぎる声に、ドキドキしながら目を

薄く開く。

　……だけどそこにあったのは、思いっきり嘲るような笑みだった。

　もうその顔を見れば、次に出てくる言葉なんかあたしには一瞬で読めた。

　おそらく。

　——嘘だよ、バアアアアカ。

　あたしの頬にだらしなく浮かびかけていた笑みは、さっと消える。

　……しゅ、り、くん、の。

「……っ、バカぁ！」

　——バチーン。

クリスマスデート

【朱里side】

　いってぇ……。

「最近さ、力加減おかしいんだって」

「しゅ、朱里くんが悪いんじゃん……」

　どう考えても恋々が悪いだろ。

　——『あたしと朱里くんの子どもって絶対音痴だよね』。

　はぁぁぁぁ？って普通なるだろ。

　天然って怖い。心臓バックバク言わされてて怖い。

　カラオケを終えて、恋々が行きたがっていたケーキ屋についた。

　『ここの紅茶とケーキがすっごくおいしいの！』だそうで。

　ログハウスのような店内に入って、温かみのあるライトブラウンのテーブルについた。

　恋々のもとへ運ばれてきた紅茶の中には黄色やピンクの何かが入っている。

「……それ、何？」

「お花の紅茶なんだよ」

「花……。女子だなぁ」

「……え、女子……？」

　顔を赤らめて紅茶をカップに注いでいるけど、なんでそ

んな照れてんの？

　ほかにも照れるべきとき、いっぱいあったと思うけどね。

　今日を振り返りながら呆れの気持ちで眺めていたら、恋々の紫芋（むらさきいも）のタルトと俺のりんごのタルトも運ばれてきた。

「おいしそう……これって写真撮ってもいいかなぁ？」

「いいんじゃない」

「じゃあちょっと」

　皿を寄せてスマホを構えている、幸せそーなその顔ね。

　俺はそっち撮っとく。

　——カシャ。

「え!?　なんであたしを撮ったの!?」

「間抜けな顔してんなーと思って」

「消して……！」

　はい、無視。

「撮れた？　食べよーぜ」

「もう朱里くん消してってば……っ！」

　うるせーな。

　りんごのタルトを割って、一切れだけフォークで取った。

「食べるだろ？」

「え……うん。ありがとう」

　恋々を黙らせんのなんて楽勝なんだよ。

「おいしい……っ」

　ほら単純。

　火照った顔で幸せそうに目を細めていて、かわいすぎか

よ。

「朱里くんもどうぞ」

「俺は別にいらないんだけど」

「そっか」

　そんな悲しそうに目伏せんな、バカ。

「……やっぱ食う」

　恋々が引っ込ませかけたフォークを掴んで口に運んだ。

「うまいね」

「でしょ？　あ、朱里くん、口のとこクリームついてるよ」

　恋々がイスから腰を浮かせて、手を伸ばした。そして指先で俺の口元をぬぐって「取れたよ」とふわりと笑う。

　ドキンとしたちょうどそのとき、俺の視線の先にいる店員ふたりと順番に目が合った。

　その目は死んでいた。

　"リア充消えろ"みたいな。そんな目で。

「……すいません」

　実際片思いだから許してください。

　そう思いながら、はるか遠い目をしたくなった。

　……こいつ本当に小悪魔だよな？

　なんか俺も一瞬、付き合っているような気になったもん。

「ねぇ朱里くん。これ、クリスマスプレゼント」

「え？　クリスマスプレゼントはなしにしようって言ってたじゃん……」

「んー、そうなんだけど……つい」

「裏切んな。俺、何も用意してないんだけど」

　サプライズで俺だけが買ったら重いかな？とかさんざん悩んで用意しないことにしたのに、最悪じゃん。

　やっぱりなんでもいいから買えばよかった。

「でも、たいしたものじゃないから！　開けてみて」

「……ありがと」

　恋々がラッピングしたんだろうなというのがまるわかりな頑張った包装を、丁寧にはがしていくと。

　出てきたのは、透明のスマホケース。

「この前、じーっと眺めてたでしょ？　欲しそうにしてるなぁって思ったの！」

　さも "あたしって鋭い！" とでも思っていそうな自信満々な顔してるけど。

　俺、別に欲しいとか思ってねーし。

　恋々のスマホに差し込んだ、恋々との写真を見てただけだし。

　かわいいなぁって思ってただけだし。

　うん。だからね。

「透明のケースだとなんか物足りねーな」

「え……文句つけた……」

　ショック受けてないで察しろ鈍感。

「帰ったら俺のにもそれと同じ写真貼ってよ」

「え？」

「おそろって嫌？」

「う、ううん！　い、いいけど……！　けど……」

「『けど』何？」

「あたしは……友達との写真と一緒に貼ってあるから大丈夫だけど、朱里くんもほかの友達と撮った写真でも貼らないと……」

「カップルに見えるって言いたいの？」

「……うん」

「それって、なんかだめなの？」

　俺と恋々がカップルだってまわりに思われると、お前は不都合なわけ？

「だって朱里くん、誤解されちゃうよ……？」

　その上目づかいやめろ。

「いいよ。俺は別にそう誤解されても何ひとつ困んない」

　不思議そうにこっち見てるその頭ん中、覗いてみたい。

　きっと俺の想像を超えるような解釈してんだろうな。

　アホすぎて、次の言葉を待っている間、逆にわくわくするんだよね。

「誤解されてもいいって……朱里くん、彼女欲しくなくなったの？」

　そうきたか。

「いや、彼女は欲しいけど」

「……そうなんだ。だったら……」

　今なんで言葉をのみ込んだ？

　そのうえ紅茶までごくごく飲んでるし。

「だったら、何？」

「……っ。やっぱりなんでもないです……」

　なんだよ、気になんなぁ。

　まぁいっか。
「ここの店出たら、どっか買い物行こ。恋々のプレゼント
買う」
「っ、いいの？」
　目ぇ、きらんきらんだな。
　そんな目でねだられたらなんでも買っちゃいそう。
　ってか、買うよね。
「うん」
「やったぁ……っ」
　恋々と過ごす時間は楽しくて穏やかで。
　……この幸せすぎる日々は当たり前のように続くもの
だって、思っていたんだ。

　──メリークリスマス。
　次のクリスマスもできれば一緒に。

カウントダウン

【恋々side】

　今年も今日で終わりという、大晦日（おおみそか）。

　数日前からコツコツはじめた大掃除、今日は朱里くんがキッチンを、あたしはお風呂場を掃除中。

　水を抜いた浴槽（よくそう）の中に入って磨いていると、「恋々」と声が聞こえて顔を上げた。

「ちょっと風呂の天井を掃除したいんだけど」

　お風呂掃除の三種（さんしゅ）の神器（じんぎ）でも検索したかのような道具を片手に「代わるよ」と浴室に入る朱里くん。

　あまりの本気の姿勢に、唖然としながら立ち上がる。

「あの……。掃除、適当でいいと思うんだけど」

「スイッチ入っちゃったから」

　なんのスイッチだろう。

　お掃除スイッチがついているのかな、便利だな。

「えっと……じゃあ、お願いします」

「うん」

　朱里くんへのクリスマスプレゼントは洗剤のほうがうれしかったかな。

　決めた。来年のクリスマスプレゼントは洗剤にしよう。

　そう思いながらリビングに入る。

　……っ、何このキッチン!?

　輝きすぎて眩しいシンクに、ほこりひとつない換気扇（かんきせん）！

　調理器具も、かつて見たことないほどきれいに片づけられている。

「はぁ……さすがだ」

　あまりにきれいだから、お湯を沸かすのさえもやりづらいよ。

　この執念（しゅうねん）のような大掃除は夕方ごろ終わって、夕飯もすませた。

　あとは年を越すだけ。

「おつかれぇー」

「おつかれ」

　PAPAマグとMAMAマグに入れた緑茶で乾杯（かんぱい）。

　……こんなに平凡だったのに。

　それは、ソファに並んで特番を見ていたときだった。

　テーブルの上のあたしのスマホが震えた。

「あ。ママから電話だ」

　向こうはまだ朝なのに、なんだろう？

「早く出なよ」

　そう言いながらリモコンを手繰り寄せた朱里くんがテレビの音を下げた。

「もしもし？」

　小さくなったテレビから笑い声が聞こえる。

　電話の向こうから耳を疑いたくなるような言葉も、次々に入ってくる。

「……え？」

　嘘だよね？

　ママの真面目な声が続いている。

　あたしの手のひらからスマホがすり抜けて、床に落ちた。

「どうした？」

　朱里くんの声が聞こえる。

　でも、ママの言葉で頭を埋め尽くされたあたしは、声も出ない……。

　眉根を寄せてスマホを拾い上げた朱里くんは、自分の耳に当てた。

「もしもし、朱里です。こんにちは」

　ふたりの会話が進んでいく。

　朱里くんは、きっとあたしと同じ話をされているんだろう。

　──『っていうわけで、３日後のフライトでパパと一緒に日本に帰るわね！』。

　呆然とするあたしとは違って、朱里くんは平然と会話を続けている。

「そしたら、おじさんは正月明けに仕事に戻るけど、おばさんはそのままずっと日本に残るんですね」

　そんなにこやかに受け止められない言葉を、朱里くんはたやすく返した。

「じゃあ俺も、３日後に実家に戻ります」

　……目の前が、真っ暗だ。

　あと３日で……朱里くんとの同居が終わるらしい。

　通話を終えた朱里くんは「ふぅ……」とため息をついて、こっちに目を向ける。

「……寂しいの？」

　あたしの涙をぬぐう呆れ顔。

「……ママもパパも、1年って約束したのに……っ」

　駄々っ子のように泣くあたしを、朱里くんは笑う。

「おばさん、向こうのご飯合わないんだって」

「あと3か月くらい我慢してくれてもいいのに……9か月
も食べてきて何言ってるの？　勝手すぎるよ……！」

　ぼろぼろと涙がこぼれ落ちる。

　こんなに突然朱里くんと離れなきゃいけなくなるなん
て、思ってもみなかった。

「ママもパパも勝手に決めて、ひどすぎる……！」

　わっと泣き出すあたしに、朱里くんは深一くため息をつ
いた。

「……お前は本当に鈍感だよね」

「え？」

「おじさんもおばさんも、恋々が心配なんだよ。だからな
んとか都合つけて帰ってくるって言ってんじゃん」

　ぐずぐずと泣くあたしの髪を撫でながら諭す朱里くん
は、優しく笑う。

「わかってやろうよ」

　どうしてそんなに大人になれるの。

　なんでそんなに優しく言うの。

　こんなふうに朱里くんに言われたら、素直に受け止めな
きゃって思っちゃうよ。

「……あと3日」

「うん。あと３日は一緒だろ」

「寂しい……」

「一緒に住む前の生活に戻るだけじゃん。大丈夫」

　いまだ大粒の涙が止まらないあたしを、朱里くんがふわりと抱きしめた。

「大丈夫。なんも変わんねーよ」

　トントンと優しい振動が背中に伝わる。

　……何も変わらないわけがないよ。

　あたしは、朱里くんを好きになった。

　だから、前よりずっと離れたくなんかないって思いが強いのかな。

　……朱里くんといたいよ。

　だけど、そう思っているのはあたしだけみたいだ。

　だって、朱里くんは平然と笑っているんだから。

　胸の奥がさっきから、ズキズキ痛んでいる。

「泣きながら年越ししないように、今のうちに泣いとけ」

　あっけらかんとした声の中、あたしは朱里くんの胸にしがみついて泣いた。

無償の愛で

【朱里side】
『大丈夫。なんも変わんねーよ』
　恋々に言いながら、自分に言い聞かせていた。
　動揺を隠しきることに精一杯のような、年越しだった。
　そして、明くる朝。
　……一睡もできなかったよ。
　恋々も朝方まで寝られなかったのか、朝9時起きなんて
寝坊っぷりだ。
「あけましておめでとう……」
　覇気（はき）のない新年のあいさつが聞こえて顔を上げると、は
れぼったい目をした恋々が固い笑みを見せる。
　わかるよ。俺だって寂しいよ。
　でも落ち込んでも仕方ないから、精一杯毒づいてやる。
「辛気（しんき）くせー。景気づけに初詣（はつもうで）に行こーぜ。恋々おみくじ
好きじゃん」
「今ひいたら、凶（きょう）が出そう……」
「そしたら指さして笑ってあげる」
「……もう。着替えてくる」
「朝ごはんは？」
「……食欲ない」
　とか言って屋台で食うパターンだろ。
　わかってんだよ。

　支度を済ませて神社についた。

　神社には普段おりていない紅白の幕が下がっていて、境内には神社っぽい笛の音が流れている。

　お焚き上げの煙と、人混みと、正月の雰囲気のおかげで、恋々もやっと顔を上げた。

　参拝の順番が回って、手を合わせる恋々。

「……去年はいっぱいありがとうございました」

　そんな小さな声が聞こえてきた。

　……なんで、いちいちかわいいんだろう。

　でもわかるよ。

　ついお礼を言いたくなるほど、去年は今までで一番楽しかった。

　恋々とずっと一緒にいて、学校も一緒で。一番近くて。

　……この鈍感女にこの想いが通じることはないけど。

　片想いとか両想いとか、そんなことにこだわる必要ないかなって気もする。

　もう俺は残念ながら、無償の愛の領域にいるんだと思う。

　"俺を好きになって" って自己中なことばっかり思ってたけど、今はそうは思わない。

　恋々が好き。恋々だけには、笑っていてほしい。

　ただそれだけ。

「おみくじ引こー」

　俺を見上げるのは、ほわわーんとした笑顔が戻ってきた恋々。

　マフラーの片側がだらんと落ちた。

　巻き直してやると、「ありがと」とマフラーに顔をうずめる。そういう仕草にいちいちドキッとさせられて、なんか悔しい。

　おみくじを手に取って、ふたりで同時に開いた。

　パッと開いた２枚の紙。

「……っプ」

　あまりのインパクトに噴き出した。

　狙ったかのようにタイミング絶好調だな。

「ほんとに、あたし凶なの……!?」

「すげーなお前。初めて見た」

「朱里くんばっかり大吉なんてずるい……！」

「こういうのは、凶より大吉のほうが多く入ってんだよ」

「……っ、なのになんであたし凶なの……？」

　俺は腹がよじれるほど笑ったね。

　こんなもん信じて半泣きになんなよ。

　そういう素直なとこも、大好きだけどね。

「元気出せよ。屋台のタコ焼きでも食う？」

「さんざん笑っておいて元気だせって……もう」

　でもタコ焼きは食うんだよな。

　神社を出ても、まだ言ってんの。

「凶なんて最悪……どうしよう」

　どうもなんねーよ、バカ。

　でも恋々はアホだから。

　100円で引いたお手軽なおみくじに、重たいもん背負わされているから。

「……今年１年は凶かぁ」

　まじ笑えんな。

「あれ？　朱里くん帰り道こっちだよ？」

「寄り道しよ」

「なんでー？」

「なんとなく」

　のんびりと歩く冬の道。

　冷たい風に身を縮める恋々は、使い捨てカイロを取り出して両手でもんでいる。

「いる？」

　恋々に差し出された使い捨てカイロを、受け取るわけもなく。

　「……一緒にね」と俺は言うと、使い捨てカイロ越しで恋々と手をつないで歩いた。

「……っ」

　……なんで黙んの。変な空気。

　握っている使い捨てカイロが熱いくらいなんだけど。

　そうしているうちにたどりついたのは、さっきより大きい神社。

「……また神社行くの？」

「もっかいおみくじ引けば？」

「え！　……そのためにここまで？　……優し」

「また凶が出たら死ぬほど笑ってやるよ」

　かぶせ気味に言ってにやりと笑う俺と、ムッとする恋々。

「もー！　朱里くんのバカ！」

　そうその調子。元気出して、笑って。
「引かねーの？」
「……引く。けどまた凶だったら怖いなぁ……」
「……プ。くく」
「引く前から笑わないで！」
　もしも凶が出たら、また別の神社で引き直せばいいよ。
　上機嫌になるまで付き合ってあげる。
　マンションへの帰り道の恋々は、至極ご機嫌だった。
　ほわわーんとした笑顔満開の、アホ面を横目で見る。
　ほんと単純、ちょっと引くわ。
「すごいよね。あたしと朱里くん、同じ中吉を引いて内容
も全部一緒なんて！」
「それ、もう1億回聞いた」
　耳にタコ。てかそんなに喜ぶこと？
「恋愛のところ、"一途な愛は報(むく)われる"だって！」
「へー」
　だといいですねー。
　俺は遠い目をしたまま、青く澄んだ空を見上げた。
「……はぁ」
　空っぽになっていくみたいだ。
　もうすぐ、大好きな恋々との、同居生活が終わる。

　──カウントダウン。
　あと、たった2日。

ふたりの前夜

【恋々side】
　　……明日、パパとママが帰ってくる。
「じゃあ、おやすみ」
「おやすみ」
　　パタン、と朱里くんの部屋のドアが先に閉まった。
　　毎日繰り返してきた日常が、今夜で終わるんだ。
　　真っ暗な部屋で、ベッドにもぐって天井をただ見上げる。
　　──何も変わんねーよ。
　　朱里くんが言っていたとおり、変化なんてたいしたことないはずなの。
　　以前のように、徒歩5分の距離に朱里くんが戻るだけ。
　　でも一緒に住んでいたらさ、朝起きたら『おはよう』って言えるんだよ。
　　失敗しながらご飯作ってさ、一緒に食べて、料亭みたいなお弁当作ってもらってね。
　　家に帰ると大きなスニーカーがそろえてあって、『ただいま』って言えば、朱里くんが『おかえり』って返してくれる。
　　ただの日常を思い出すだけで、涙が止まらなくなった。
　　寂しい。
　　寂しくて仕方ない。
　　朱里くん……離れたくないよ。

　どうしても眠れなくて、ベッドから起き上がった。

　もし朱里くんが起きていたら、もう少し喋りたい。

　もし寝ていたら、あたしもおとなしく寝る。

　そう決めて、あたしは部屋を出た。

　朱里くんの部屋の前に立って、ノックしかけた手を止める。

　寝ていると悪いし音を立てないようにしなきゃ。

　そう思って、静かにドアを開けた。

　細く開いた隙間を覗き込みながら、もう少しドアを開けて。

　――キィ。

「……っ！　びびったぁ……！　何？」

　飛び起きた朱里くんに、こっちが叫びそうなほどびっくりしたよ！

「ごっ、ごめん……！」

「……お前、今の出方はホラーすぎるから」

「起こしたら悪いと思って」

「完全に目ぇ覚めたわ」

　呆れっぽく笑う朱里くんは、手を伸ばしてカーテンを開ける。

　部屋にうっすらと月明りが差し込んだ。

　そして優しく問われた。

「どーした？」

　あたしの気持ちを見透かすように、朱里くんはベッドに座って自分の隣をポンポンと叩く。

「座れば」

「うん、ありがと」

「寂しくて寝れないの？」

　やっぱりお見通しみたいだ。

　さすが朱里くんだなぁ……。

　頷くまでもないけど頷いたら、肩に毛布をかけられた。

「冷えるから暖房入れんね」

　そう言って立ち上がろうとした朱里くんの腕を、引っ張って止めた。

「……一緒に寝ない？」

　すがるような目に、朱里くんは明らかにひるんでいるんだけど。

　でも、最後の日だから昔みたいに喋りながら寝たいんだ。

　そうでもしなきゃ、この空っぽみたいな気持ちが紛れる気がしないの。

「えーっ、と……」

　朱里くんは困ったように後ろ頭をかいて。

　それからあたしを見る。

「……」

　視線は合っている。

　だけど何も言わない。

　ちくたくと時計の音が耳につくようになったとき。

「ふ……っくしゅ！」

　こんなに静かな部屋に豪快に響いたのは、あたしのくしゃみ。

　恥ずかしいー……っ。
　顔を覆いたくなったとき、朱里くんがあたしの肩をそっと押した。
「……いいよ。一緒に寝よ」
　横になったあたしに布団をかけてから、朱里くんも入り込む。
　ほんのり残る温もりがつま先を温めて、布団の中で手と手が触れ合った。
　指先はどちらともなく絡んで、ぎゅっとつながれる。
「恋々……夜通し喋ろっか」
　あたしの心が読めるんじゃないのって思っちゃうよ。
「うん。そうしたい」
「小さいころ、よくしたよな。たいてい恋々が先に寝落ちして」
「うんうん。あたし朱里くんと喋りながら寝るのすっごい好きだった」
「……俺も」
「……ふふ」
　照れくさくて笑いながら布団を少しだけかぶる。
　そんなあたしを朱里くんはちらっと見て、また天井に視線を戻したから、あたしもそっちを見た。
「朱里くんと一緒に住んで楽しかったなぁ……やっぱり寂しいよ」
　幼なじみへの想いから恋心になっちゃったせいで、余計にそう感じてしまうのかもしれないけど。

　　そうじゃなくてもあたしはきっと、朱里くんと離れるときは、今みたいに涙をこらえていたと思う。

「何言ってんの。離れるっていっても、たかが徒歩5分だろ」

「でも今までは1秒だったもん……」

「贅沢言うね。俺は5分で大満足だよ」

「大満足……!?」

　　そう言いきられてしまうと悲しい。

　　もっと寂しがってほしいよ……。

　　半分拗ねかけたとき、朱里くんは優しい声で言った。

「だって恋々がバンクーバー行くわけじゃないじゃん」

「……うん」

「海外に行かれるのと比べれば全然いい」

　　よどみない声に、心臓がとくんと波を打つ。

「……そっか」

　　うれしくて、恥ずかしくて、照れくさい……。

　　はにかんだら、涙が横に伝った。

「俺、誰かさんのせいで早起きも身についたし、朝早くでも夜遅くでも。恋々が呼べばいつでも会いに行くよ」

　　つないでいないほうの手であたしの涙をぬぐう朱里くんは、呆れっぽく笑う。

「いつでも……?」

「うん。いつでも」

「嘘だぁ」

「嘘じゃねーし。1秒はさすがに無理だけど走ってやるよ」

　　もう、だから……余計に涙が出るんだよ、そういう優し

いのって。

「走ったら転ぶよ……」

「お前と一緒にすんな」

　　──ぺち。

　おでこに落ちたデコピンは間抜けなくらい優しい。

「……痛くない」

「痛くしてない」

「……ふふ」

　手はつないだまま、朱里くんのほうを向いた。

　きれいな横顔は、天井を見ていて。

「……さみし」

「まだ言う？　……俺まで寂しくなるからそれ以上言わないで」

「……寂しくなるの？」

　涙をぬぐって、目を見開いた。

　ずっと飄々としていた朱里くんも、あたしと離れるの寂しいって思ってくれるの？

　朱里くんはふっと笑みを浮かべてから、あたしに目を移した。

「……好きなやつと離れて寂しくないやついる？」

　ひくっとあたしの肩が上がった。

「ごめん。なんて言った？　しゃっくりで聞こえなかった」

「しゃっくり……？」

　信じられないものを見たような目が、あたしに向いている。

「う、うん。ごめん」

　泣いたあとって出やすいでしょ？

　なんで、ちょっと不機嫌なの？

「……今すぐそのしゃっくり止めろ」

「え……でも。止め方わかんない」

　そう言っているうちに、またもやしゃっくりで体が揺れる。

　朱里くんに怒られるから止まってー！

「しゃっくりっていうのはさぁ」

「え？」

「ドキドキしたら止まんじゃねーの？」

　いつの間にか、あたしに覆いかぶさっていた朱里くん。

　向かい合う彼と、目が合っている。

　ドッドッドッド……。

　心臓がどんどん加速していく。

　にやり、朱里くんの唇は三日月のように笑った。

「……俺が止めてやろーか？」

　近づいてくる朱里くんの唇に、心臓がどっかーんと思いっきり跳ね上がって。

「ひゃああああああ!!」

　叫ぶ勢いのまま、朱里くんを弾き飛ばした。

　壁にぶつかる鈍い音が続く。

「……いってぇ」

　そう呟いて隣にごろんと横たわった朱里くんは、壁を向いてしまった。

「ごめん……」

　でもあんなのって、不意うちすぎるよ……！

　ドキドキして心臓が壊れそうだった……。

　あれ？　でも。

「……しゃっくり止まった」

「そりゃよかったな」

　背中から聞こえる、ふてくされたような声。

「……朱里くんの女たらし」

　ついこぼれてしまった本音と同時に切なくなる。

「だから、好きな子以外にベタベタしないって言ってんじゃ
ん」

　何度聞いても説得力ない。

　あたしに、こんなにベタベタしてくるくせに。

　拗ねてとがりはじめた唇を戻して、朱里くんの背中を眺
める。

　あたしはね。

　朱里くんが好きだから、くっつきたいよ。

　背中に手を伸ばす。

　ぺたりと貼りつけてみたけど、朱里くんは何も言わない。

　じゃあ、もっと。

　そう思って、大きな背中にコアラみたいにくっついた。

「……は？」

　ぴっとりとくっつく背中から、朱里くんの心臓の音が聞
こえる。

「あれ、心臓……速い？」

　気のせい？

「……うるせえ。お前はどうなんだよ」

「どうだろう」

　胸に手を当てて見ると、あたしのほうが速いくらいだ。

「へへ、あたしもすっごく速かった」

　人のこと言えないや。

　くすくす笑っていると、朱里くんの声が体に伝わった。

「……向き合ってしてもいい？」

　返事もままならないまま。

　朱里くんの体がこっちに寝返りを打つ。

　目が合って、心臓が跳ねて、そうしているうちに、両手で抱きしめられていた。

　ドクドクドクドク……と、今度は自分の心臓が飛び出しそうに動いているのがわかる。

　朱里くんの胸に頬をぺったりつけて、縮こまった。

「……なんで抱きしめるの？」

　そんなことだけ声に出してみる。

「誰かさんが明日から寂しくて泣かないように」

「……あたしのため……。ありがと……」

　優しさが、聞こえる鼓動が、全部愛しい。

　強く鳴っていた心臓の音はいつの間にか穏やかになって、温もりが心地よくなって。

　朱里くんにしがみつくように手を伸ばして、ゆらゆらと夢の中に落ちた。

だから、ずっと隣で笑ってて

【恋々side】

　翌朝、午前10時。

　おもに朱里くんへの大量のお土産とともに、パパとママが帰ってきた。

「ありがとうね、朱里くん」

「いえ、お役に立てたかどうかわからないですが……」

　聞き分けよさそうな顔が、申し訳なさそうに笑っている。

　板についた朱里くんのぶりっ子だ。

　あたしはいつもどおり、あえて突っ込まない。

　穏やかに談笑する３人を横目に、途中まで済ませてある朱里くんの荷造りを続ける。

「朱里くんが１日３回も生活ぶりをレポートにして送ってくれるから、落ちついて仕事ができたよ。本当にありがとう、朱里くん」

　と、パパから肩に腕を回され、「今日は飲もう」とノンアルコールのシャンパン注がれているけど……。

　レポートってなんだろう？

「レポートって？　朱里くんがパパとママに送ってたの？」

「そうよ。『毎日３回様子を送ってくれ！』なんていうパパのお願いを朱里くんが快諾してくれてね。……ねぇ？　迷惑だったでしょう？」

　ママの視線が朱里くんに移ると、朱里くんはゆっくりと

首を横に振りながらほほ笑んだ。

「まさか。おじさんとおばさんを心配させたくないし、マメに連絡を取っていたほうが俺自身も安心できたんで。海外って治安が悪いところもあるから……」

「……ッ、朱里くん！」

　ああ、またパパとママを感動させちゃった。

　そんな両親とぶりっこ朱里くんの間に分け入った。

「あたしも朱里くんのレポート見たい」

「……恋々。たいしたこと書いてないよ」

　優しい声の裏に、副音声が聞こえるようだった。

　"決して見るな" と。

　その目の強さには、逆らえそうにない。

「……なんでもない」

　あたしは負けた。

　でもそうやって、あたしのために動いてくれていた朱里くんのことを考えるだけで胸が熱くなる。

「……ありがとう、朱里くん」

　夕方になって、まるでちょっと家に寄っただけみたいな口調の「おじゃましました」って声で、朱里くんは家に帰っていった。

　あたしも朱里くんも、ばいばいって笑ったけど。

　あたしだけは、やっぱり涙の別れになっちゃうよ。

　涙が溢れて止まんなくて、部屋に駆け込んだ。

　枕に顔を突っ伏して泣いていると、布団の隅でかさりと何かに触れた。

　それは１枚の紙きれ。
「……何これ？」
　涙をぬぐって起き上がる。
　文字を見た途端、胸がじわっと熱くなった。
　ドキドキと心臓が鳴りはじめて、別の意味で新しく涙が
流れる。
「……朱里くんの、バカ」
【離れた日に読む手紙】
　そう書かれた４つ折りの手紙を開いた。
　くせのない朱里くんの字が並んでいる。

恋々へ。
泣いていたらかわいそうだから、手紙を残しとくね。
そんな俺の気づかいの甲斐もなく、ぎゃはぎゃは笑ってい
る可能性もあるけど。
でももしも泣いてたら悪いから。心配だしいちおうね。
えーっと。
一緒に住んだばかりのころは黒焦げトーストをありがと
う。
最近は勝率３割くらいか？
ほんと、のびしろしかないな。
まぁ、でも恋々の作る焦げトーストとエッグトースト、俺
すげー好きだよ。
家族にも作ってやれよ。
料理はさておき、掃除は得意な恋々ちゃんですけど。

風呂掃除で俺は手伸ばせば洗えるバスタブに、すっぽり体ごと入ってごしごし磨いてる恋々のちっちゃい姿、かわいかったよ。カピバラみたいで。

もう見られないのちょっと惜しいくらい。

なんか思い浮かぶこと全部ちょっと間抜けだなあ。さすが恋々。

あとスーパーで買う量は最後まで頭おかしかったけど、無駄なく消費するゲームみたいで楽しかった。

つーか、一緒に住んでて、ほんと楽しかった。

本当、恋々だけは最高だと思うよ。

ねぇ今、どーせまた泣いてんでしょ。

これ読み終わって寂しくなったら電話してきていいよ。

じゃーね。

朱里より。

「もじもじっ、ごんなの泣ぐにぎまっでるがらぁぁぁー」

《泣きやめバカ。何言ってるか聞こえねーんだよ》

「しんらづすぎるー……っ」

　朱里くんのこと、こんなに欲して、こんなに好きになってしまうなんて、去年の今ごろは思ってもなかった。

　大事な幼なじみであることは変わらないけど、そんなもんじゃないよ。

　……大好き。大好き。誰よりも。

　かかえきれないくらい膨らんだ想いで、胸が痛い。

　翌朝、朱里くんのいない家は、人数が増えて荷物も増えたのにすごく寂しい。

　ため息をつきながらキッチンに行くと、ママが鼻歌を歌っていた。

「何度見てもキッチンきれいねぇ〜。引っ越す前よりきれい。見違えたわね」

「それね、朱里くんが磨いたから……」

「本当に朱里くんがいて助かったわぁ」

　優雅に紅茶を飲むママの手元を見てぎょっとした。

「ママママ、MAMAマグ使ってる！」

　こんなのペアで買ったのばれちゃったの!?

　うっかりしてた……しまうの忘れてたぁ……！

　なんて言い訳しよう!?

　頭を高速回転させる。

　すると、ママが口を開いた。

「これちょうどいいサイズね。ありがとう。恋々が一目ぼれしてママとパパに買ってくれたんだって？　朱里くんレポに書いてあったわよ」

「あ……うん、そうそう。そうなの。じつはそう」

「うれしいわぁ〜」

　目を細めるママに、へらりと笑顔を向けながら朱里くんの根回しの早さを実感した。

　……ていうか、感心するよ。

「……朱里くんって完璧な人だよね」

「何を言ってるの今さら。そんなの恋々が一番よく知って

るでしょ」

「うん……」

　とか言って、本当は同居するまで気づいてなかったけど。

　むしろ、あたしのほうがしっかり者だと当たり前のように思っていたというか……。

　一緒に住んでみたら、まいりましたぁ！ってくらい頼もしかった。

「朱里くんみたいな人が、お婿さんに来てくれるといいけどなぁ〜」

　がははっと笑いながら、パパも話に入ってきた。

「お婿……」

「なーんちゃって、恋々にはまだ早い話だな！」

　笑いながら荷ほどきをはじめたパパに聞こえないように、ママがあたしの耳元でやけに楽しそうに囁いた。

「そういえば、恋々はいつから朱里くんのお嫁さんになる夢、忘れたの？」

「え？　お嫁さん？」

「小さいときはずっと言ってたじゃない。朱里くんと結婚するって」

「えー……覚えてない。朱里くんも言ってた？」

「朱里くんのほうが率先して言ってたわよ」

「へぇ……そうなんだ……」

　思わずにやけてしまった顔は、ママにしっかりと見られた。

「でも、それは過去の話。悠長にしてると、朱里くんの結

婚式に参列者として呼ばれるわよ」

　──参列者。

　そう言われて広がる光景は、とってもリアルだった。

　純白のドレスの新婦に腕を掴まれ、バージンロードをエスコートする新郎、朱里くん。

　あたしはフラワーシャワーを幸せいっぱいのふたりにかけるんだ。

　祝福を……するなんて。

　ふらっとした足元を踏ん張って、あたしは両頬をパチンと叩いた。

「……そんなの無理！　絶対に嫌！」

「じゃあどうするの？」

「どうって……」

「恋ってのはね、待ってるだけじゃだめなときもあるのよ」

「……でも」

「恋を名前にふたつも入れてあげたんだから、勇気出しなさい」

　頭をくしゃっと撫でるママの手が久しぶりで、あったかくて。

　……うん。と頷いた。

　差し出されたコートを受け取り、勢いのまま玄関を出る。

「……いってきます！」

「いってらっしゃーい。頑張れぇ〜」

　やけに楽しそうなママの声を背に受け、あたしは走った。

　徒歩５分。走れば３分。

　朱里くん今、家にいるかな。

　もしかして出かけちゃったかな？

　膨らんでいく会いたいって気持ちに、余計に急かされて足がもつれた。

　——ドシャ。

「いったぁ……」

　派手に転んだけど、なりふり構っていられない。

　早く。もっと早く。

　地面を蹴る。

　朱里くんの家が見えてきた。

「朱里くん！」

　大声で叫ぶと、２階にある朱里くんの部屋から顔を出してくれた。

　……いた。

「来たの？　待ってて。今おりんね」

　朱里くんは、すぐに外に出てきてくれた。

「すげー泥ついてるけど、こけたの？　ケガしてない？」

　そうだった。

　あたしは泥を払って、へへ、と笑ってごまかす。

「大丈夫だから」

　そんなかっこ悪いところに、今は触れないでほしい。

　だって今から、あたしは、朱里くんに……。

「朱里くん……あのね。……まず勇気が欲しい」

　充電させて。

　朱里くんの胸に抱きついた。

期待していいですか

【朱里side】

　恋々が来ることは想像の範囲内。

　でもなんで俺……抱きつかれてんの？

　心臓うるさ……。

　つーかね、恋々は背中向けているから、気づいてないんだろうけど、俺は今、道路を挟んで向かいで農作業してる隣んちのばーちゃんと目ぇ合ってるから。

　隣のばーちゃん、ぎょっとしながらよそよそと立ち上がったよ。

　すいません。こいつ頭がちょっと……。

　そういうジェスチャーを送ると、ばーちゃんは納得したように頷いて、再び農作業に取りかかった。

「……どうした？」

「あのね……」

　覚悟を決めたように俺から離れた恋々は、何か言いたげな目をしている。

　真っ赤な顔と、不安そうな上目づかい。

　こっちまで心拍数おかしくなりそうな緊張感が、張りつめている。

　思わず、ごくっと唾を飲み込んだ。何、恋々。

　たぶんだけど、この雰囲気って……もしかして。

　俺の心臓はかつてないほど速く脈を打つ。

　いや、待て。

"期待"

　この2文字は何度も粉々にされてきた。

　落ちつけって、思うのに。

　……恋々の表情が、どうしても恋する乙女に見えんの。

「朱里くん、あの……あたしと……け、け、け……」

「け？」

　け……？

　好きとか、付き合ってとかって来るんじゃないかって、期待したのに、「け」？

「好」でも「付」でもなく、「け」はじまり？

　……またかよ。

　──期待。それは無残に崩れ落ちていく。

　力が抜けて、笑えてくるわ。

「言ってみろよ。聞いてやるよ」

　ふっと片側の口角を上げる俺は、完全な自己防衛態勢。

　どんな角度で肩透かしくらっても、ダメージゼロだよ。

　そんな強がりで、からかうように恋々を焚きつける。

　そんな俺に恋々は勇気を振り絞った声で言った。

「あたしと……結婚してください！」

　空からトンビの鳴き声、畑を耕すくわの音。

　それらに邪魔されるわけもなく、はっきり聞こえた。

　──今、こいつ、結婚って言った？

　時間とともに理解して、笑けてくる。

「……ははっ、お前ぶっ飛ばすね」

「なんで笑うの!?」

　腹がよじれるほど笑ってるのはね。

「……うれしいからに決まってんだろ」

　緊張なのか震えている小さな体を抱きしめるの、今度は俺の番。

　畑のばーちゃんが、こっちを向きませんように。

「恋々は俺のこと好きなの？」

「……うん」

「結婚したいほうの意味で？」

「うん」

「……そ」

　……いつから？

　どのタイミングで好きになってくれたの？

　聞きたいことは山のようにあるけど。

　胸いっぱいすぎて、なんも言えない。むしろ泣きそう。

「……あの、朱里くん……返事は？」

　なんでそんな自信なさそうに言うのかな。

　どんだけ俺がお前を好きか……。

　わかんないよね、鈍感な恋々には。

「それはいったん置いておいてさ」

「ほ……保留？」

　16年間、待たせたお前が、この程度で保留とか言って泣きそうになるなよ。

　ちょっと待ってろ。そんで、しっかり聞いてて。

「……例えば。恋々がバンクーバーに引っ越すことになっ

たときね」

「いきなりなんの話なの……」

　黙って聞いて。

　知ってほしいから。俺の気持ちを。

「……恋々が日本に残るって話になったら、恋々んちでふたりで同居より、まず第1の案で俺の実家に恋々を呼ぶと思わない？　そのほうがいろいろ安全だし楽だろ」

「……！　たしかに……！」

　おい……。目からうろこしてんなよ。

「その第一の案はね、俺がうまいこと言って潰したの。なんでだと思う？」

「……ええっと？」

　わかれよ。俺は、ふたりきりで暮らしたかったの。

　そのために小さいころから積み上げて、恋々の気持ちもやっと今掴んだの。

　そんくらい本気で。人生かけて。

「お前が大好きだからに決まってんだろ」

　抱きしめる腕に力が入る。

「……え。本当に……？」

　涙っぽい恋々の声が小さく聞こえた。

「嘘なわけないだろ」

　抱きしめた体を離して、火照った顔を少し背けた。

　感激した様子の恋々が、口元を両手で覆っているのが視界の隅に見える。

「……っ、じゃあ、同居前からあたしのこと……？」

「いつからとかわかんねーくらい前から、俺は恋々のこと
が好きだよ」
「じゃあ……ずっと言ってた朱里くんの好きな人っていう
のはもしかして」
「うん、じつはこの子」
　頭にポンと手を置いた。
　同時に見上げる上目づかい。上気する頬。
　なんなの、その恋する表情……。
　……やっと俺を好きになってくれた。
「朱里くん……顔赤いね」
「恋々も人のこと言えないから」
　つーか、こんなの恥ずかしいに決まってんじゃん。
　そんで、うれしいに決まってんじゃん。
　赤くなんのは普通なの。
「恋々言ったよな。結婚してって」
「うん……言った」
「逆プロポーズ」
「……っ、すぐバカにする……」
「いいよ。大きくなったら結婚しようね」
「もう！　茶化してるでしょ！」
「茶化してねーよ」
　まじだし。
「でも、いつかこっちからプロポーズさせて」
「……え」
　火照った顔、うっとりとした目で見上げる恋々の頬に手

を添える。

　恋々は鈍感てビョーキだけど。

　……俺ね、恋々しか見えない病気。

　唇を近づけると、恋々はぎゅっと目を閉じた。

　キス待ちの顔……かわいすぎか。

　──ちゅ。

　触れ合うだけのキス。

　こんなにドキドキすることってあるんだね。

　今、恋々の目が、恋の色全開で俺のほうを見上げている。

　恋々が俺を好きだなんて、信じられないけど、信じるしかないような、そんな目だ。

　でもね、その程度の好きじゃ、まだまだ甘いんだよ。

　好きで好きでどうしようもない、俺の気持ちに早く追いついて。

「……もう離してやんない」

　大好きだよ、恋々。

　恋々と付き合って、2か月以上がたった。

　恋々が言うには、同居もしていないし徒歩5分は"遠距離"って気持ちもあるけど、気持ちが通じ合っているだけですっごく幸せ、らしい。

　俺もだいたい同じ気持ち。

　そんな4月3日、春休みの今日。

　俺たちは桜並木の下で待ち合わせしている。

　ひらひらと風に舞い散る薄紅色。

　その下で恋々を見つけた。
　朝８時の集合っていう意味不明な早さだけど『いっぱい会いたいの』って言われたら、会いに行くよね。
「朱里くん早いね」
「休日の早起きは癖になってんの」
「ふふ」
　自然につながれる手と手。
「誕生日おめでとう、朱里くん！」
「どーも」
「もう17歳なんだねぇ」
　空を仰ぐ恋々につられて、見上げる澄んだ青。桜吹雪。
　……17年もそばにいるんだなって、感慨深く桜色の道を並んで歩く。
「今年はあたし、受験生かぁ。あんまり遊べなかったらごめんね」
「わかってる」
「朱里くんたち２年生は修学旅行とか、楽しいことでいっぱいになるよ。テストも困ったら教えてあげるからね」
　はいはい、きました先輩風。
「たった３日早く生まれただけで先輩面すんな」
「もう。３日早く生まれて、朱里くんのこと待っててあげたんだよ？」
　……だから、いちいちかわいいこと言わなくていいから。
「あーはいはい。おかげで寂しくなかったです」
「ふふ。早く生まれてよかったぁー」

　……っとに、お前はなんでそうなの？

　かわいすぎか。最近、恋しくて仕方ねーわ。

「……また恋々と一緒に住みたいなぁ」

　思わずこぼれた本音に、恋々は頬を染めてふにゃっと笑う。

「そのときはあたし、ホンモノのお嫁さんだねっ」

　ぷぷーっと冗談言って笑ってるところ悪いけど。

　それ、俺的には本気だし。本気だと思っていてほしいし。

　……かわいいし。

　うん、なるべく早く四ノ宮恋々にしてあげんね。

「さて朱里くん、誕生日プレゼント何がいい？」

　『誕生日会しよう！』とか言っといて、何も用意してねーのかよ。

　思わず噴き出した。

　……なんもいらないよ。

　恋々がいるならそれで十分。

　だって俺、お前のこと大好きだからね。

　──だから、ずっと隣で笑ってて。

　君に惚れた僕の負け。

Fin.

あとがき

はじめまして、こんにちは。小粋です。

このたびは数ある書籍の中から『同居したクール系幼なじみは、溺愛を我慢できない。』をお手に取ってくださり、さらにはあとがきまでページをめくってくださり、本当にありがとうございます！

さて、年下男子と同居するという本作ですが、私がとくに力を入れたのは、恋々の鈍感力によって、朱里の溺愛がなるべく明るく木っ端みじんにされること。それでもなお愛を貫くことでした。

それを繰り返し、最終的に朱里の想いが見返りを求めない、まさに「無償の愛の領域」に入ってしまう、という愛情たぷたぷの溺愛を書き上げようと目標にしていました。

朱里の愛は伝わったでしょうか？

何度も無自覚に振っては振られてをし合っているのに、いつも仲良しなふたりを描くのはとても楽しかったです♡

読者の皆様にも楽しんでいただけていたら、このうえなくうれしいです！

ところで皆さんは、イケメンと同居するならどんなイケメンがいいですか？

本作の人物設定を考えていたとき、どんな人と同居した

いかを箇条書きにしてみたのです。言わずもがな、お気づきかと思いますが、それを全部詰め込んだのが朱里です。つまり朱里こそ、私の同居したい人物像です（笑）。

家事も勉強もなんでもできる男子高校生なんているわけないと思いましたが、恋々への愛でそこまでできちゃうんだから、朱里は本当に愛情深い努力家です。

こうしてあとがきを書きながら振り返ってみると、本作を書いていたときは、本当に夢中になって、筆が止まることもなく展開に迷いもありませんでした。これまでにしたことのない経験だったと思います。

これもきっと、サイトでたくさんの感想をいただいたことによる活力だったんだろうと確信しています。

毎回、あとがきで触れますが、本当に野いちごの読者様は心の優しい方ばかりで、作者にとって書きやすい居場所を作ってくださるんですよね（涙）。

いつも感謝しています！

最後になりますが、とってもかわいくてきゅんとする表紙と挿絵を描いてくださった月居ちよこ様、この作品に携わってくださった皆様、本当にありがとうございました。

そして、この本を読んでくださった読者の皆様に心より感謝申し上げます！

本当にありがとうございました。

2021年8月25日　小粋

作・小粋（こいき）

子育てに追われながらも、命の奇跡に感謝する毎日を過ごしている。趣味は娘と息子と遊ぶこと。好きなものは夏と海で、大勢でわいわいするのも大好き。野いちごGPブルーレーベル賞受賞作『キミと生きた証』でデビュー。『一生分の好きを、君に捧ぐ。』、『俺がどんなにキミを好きか、まだキミは知らない。』、『チャラモテ彼氏は天然彼女に甘く噛みつく。』など著書多数（すべてスターツ出版刊）。現在は、ケータイ小説サイト「野いちご」にて執筆活動中。

絵・月居ちよこ（つきおり ちよこ）

寝ること、食べることが大好きなフリーのイラストレーター。主にデジタルイラストを描いており、キャラクターデザインやCDジャケットの装画など、幅広く活躍している。

ファンレターのあて先

♥

〒104-0031

東京都中央区京橋1-3-1

八重洲口大栄ビル7F

スターツ出版（株）書籍編集部 気付

小粋 先生

同居したクール系幼なじみは、
溺愛を我慢できない。

2021年8月25日　初版第1刷発行

著　者　小粋
　　　　©Koiki 2021

発行人　菊地修一

デザイン　カバー　ナルティス（尾関莉子）
　　　　　フォーマット　黒門ビリー＆フラミンゴスタジオ

ＤＴＰ　朝日メディアインターナショナル株式会社

編　集　若海瞳　酒井久美子

発行所　スターツ出版株式会社
　　　　〒104-0031　東京都中央区京橋1-3-1　八重洲口大栄ビル7F
　　　　出版マーケティンググループ　TEL03-6202-0386
　　　　（ご注文等に関するお問い合わせ）
　　　　https://starts-pub.jp/

印刷所　共同印刷株式会社
Printed in Japan

ISBN 978-4-8137-1135-3　C0193

ケータイ小説文庫　2021年8月発売

『イケメン幼なじみからイジワルに愛されすぎちゃう溺甘同居♡』SEA・著

高校生の愛咲と隼斗は腐れ縁の幼なじみ。なんだかんだ息ぴったりで仲良くやっていたけれど、ドキドキとは無縁の関係だった。しかし、海外に行く親の都合により、愛咲は隼斗と同居することに。ふたりは距離を縮めていき、お互いに意識していく。そんな時、隼斗に婚約者がいることがわかり…？

ISBN978-4-8137-1137-7
定価：649円（本体590円＋税10%）　　　ピンクレーベル

『極上男子は、地味子を奪いたい。③』＊あいら＊・著

元トップアイドルの一ノ瀬花恋が正体を隠して編入した学園は彼女のファンで溢れていて…！　暴走族LOSTの総長や最強幹部、生徒会役員やイケメンクラスメート…花恋をめぐる恋のバトルが本格的に動き出す!?　大人気作家＊あいら＊による胸キュンシーン満載の新シリーズ第3巻！

ISBN978-4-8137-1136-0
定価：649円（本体590円＋税10%）　　　ピンクレーベル

『同居したクール系幼なじみは、溺愛を我慢できない。』小粋・著

高2の恋々は、親の都合で1つ下の幼なじみ・朱里と2人で暮らすことに。恋々に片想い中の朱里は溺愛全開で大好きアピールをするが、鈍感な恋々は気づかない。その後、朱里への恋心を自覚した恋々は動き出すけど、朱里は恋々の気持ちが信じられず…。すれ違いの同居ラブにハラハラ＆ドキドキ♡

ISBN978-4-8137-1135-3
定価：649円（本体590円＋税10%）　　　ピンクレーベル

『余命38日、きみに明日をあげる。』ゆいっと・著

小さい頃から病弱で入退院を繰り返している莉緒。彼女のことが好きな幼なじみの琉生はある日、『莉緒は、あと38日後に死亡する』と、死の神と名乗る人物に告げられた。莉緒の寿命を延ばすために、彼女の"望むこと"をかなえようとする。一途な想いが通じ合って奇跡を生む、感動の物語。

ISBN978-4-8137-1138-4
定価：649円（本体590円＋税10%）　　　ブルーレーベル